COLLECTION

Stéphanie Kalfon

Les parapluies
d'Erik Satie

Gallimard

Cet ouvrage a été précédemment publié
aux Éditions Joëlle Losfeld.

© Éditions Gallimard, 2017.

Née en 1979, Stéphanie Kalfon a commencé par les classes préparatoires littéraires et des études de philosophie avant de devenir réalisatrice et scénariste. Lauréate de la bourse Lagardère dans la catégorie Scénariste TV, elle a notamment travaillé pour la série *Vénus et Apollon*, diffusée sur Arte, et réalisé le film *Super triste* avec Emma de Caunes et Philippe Rebbot. En 2017, elle publie son premier roman, *Les parapluies d'Erik Satie*, qui a été très remarqué par la critique.

À Brice Faraut

C'était tragique, absolument tragique : il s'agissait d'une maison en fer à cheval, une espèce de coin.
Au deuxième étage il y avait un w.-c. tout à fait public et tout à fait indiscret, et il y avait cette porte qui était la sienne.
Nous avons forcé cette porte, et nous sommes entrés dans une chambre misérable.
Il y avait un lit de fer sur lequel il y avait des couvertures de la SNCF, pas de draps, et partout une poussière absolument extraordinaire.
Nous avons eu l'impression d'étouffer,
et nous avons essayé d'ouvrir la fenêtre, mais nous n'avons pas pu y arriver parce qu'il y avait des années de poussière qui la bloquaient.
Nous avons regardé un petit peu partout, et nous avons été saisis par la pauvreté, la misère de cet antre.

C'était tellement énorme que ce n'était plus de la saleté,
on avait l'impression d'être dans une immense toile d'araignée.

Jean Wiener

La première fois qu'il entre dans la chambre d'Arcueil,
où Satie trouva la mort
(à moins que ce ne soit l'inverse)

ET CELA ME FIT
GROSSE PEINE...

1

On n'envie jamais les gens tristes. On les remarque. On s'assied loin, ravis de mesurer les kilomètres d'immunité qui nous tiennent à l'abri les uns des autres. Les gens tristes sourient souvent, *possible oui, possible*. Ils portent en eux une musique inutile. Et leur silence vous frôle comme un rire qui s'éloigne. Les gens tristes passent. Pudiques. S'en vont, reviennent. Ils se forcent à sortir, discrets faiseurs d'été… Partout c'est l'hiver. Ils ne s'apitoient pas : ils s'absentent. Ils disparaissent poliment de la vue. Ils vont discrètement se refaire un monde, leur monde, sans infliger à personne les désagréments de leur laideur *inside*. Ils savent quoi dire sans déranger. C'est tout un art de marquer les mémoires d'une encre effaçable…

Mais si on les ouvre, les gens tristes se brisent. Épuisés. Ce sont des présences chaotiques. Leur pensée passe et repasse, tournoie, revient comme une ogive sur les choses laissées ouvertes, accumulées, annotées, arborescentes. Un vrai foutoir ces gens-là. La société n'aime pas le chaos.

Ce matin il fait gris laiteux, comme d'habitude, légèrement froid mais sans persistance. Le petit parc est bruyant (à peine) et le ciel se demande comment se comporter. Les feuilles des chênes font un bruit de grelot, voici Erik Satie qui marche, là-bas, il vient du fond du siècle, un matin comme celui-là. On le reconnaît à sa démarche cliquetante, son parapluie à contretemps. Il regarde le mois de mai sans aucune objection. Difficile de se représenter le petit homme hors norme. Pour être honnête, il faudrait faire de lui un portrait sans rangement, à son image. Et accepter ses règles du jeu – qui ne régleront rien d'ailleurs, comme vous le verrez. Un portrait qui lui ressemble serait donc volontiers dérangé, comme sa petite chambre d'effroi qui se trouve à Arcueil. Voici ce qu'on peut en dire…

À trente-cinq ans, en ce mois de mai 1901 (le dix-sept, pour être précis), Erik Satie est dans la dèche. Il rafistole sa pantomime nommée *Jack in the box* (qui n'aura jamais lieu). Il a laissé derrière lui les aventures de sa jeunesse au Chat Noir pour s'exiler dans ce taudis mortuaire en banlieue. Il déteste les vacances. Il crève la faim. Il fait mine d'être bien installé dans cette chambre sans chauffage, il fait mine d'avoir choisi ce retrait, mais il passe son temps à regarder par la fenêtre : comment vivent les autres, les autres oui, et lui et lui, il fait le point. Il écrit souvent à son frère Conrad. Il a perdu l'envie de plaisanter. Il a peur le soir quand il rentre à pied de Paris. La marche, c'est à cause de la misère. Elle n'empêche pas d'errer dans sa tête, de tourner en rond. Il s'hallucine. Il est seul. Il est seul. Il est seul. Il en a terminé de l'amour, en a terminé de sa crise mystique. Le succès de Debussy ! ! ! ! Quelle obsession... À présent, il faut musicalement « passer à autre chose », Satie cherche comment. Sûr qu'après avoir excommunié tout ce que Paris compte de critiques et de directeurs d'Opéras, il a perdu la carte. On appelle ça un suicide professionnel. Il est tombé dans le piège de son personnage et bien malgré lui, il touche le fond. Alors...

« *Erik Satie demeure ici* », à Arcueil qui rime avec cercueil, dans un silence ressassé inquiétant et peuplé de voix d'où il va bien falloir surgir. Mais ce qui surgit pour l'instant c'est seulement le passé. Les regrets. Les ratages, les déceptions et la mort. À trente-cinq ans, Satie est en crise.

Il ne sait pas encore qu'il est Erik Satie.

Il n'est qu'un être humilié, rejeté, moqué et sans le sou. Alors il boit. Son frère a quitté Paris, son père va bientôt crever, des copains aussi en ont fini avec la vie, Montmartre est loin, Montparnasse est loin, seule la misère lui tient compagnie, alors il boit. Il n'a pas assez d'argent pour sortir manger, alors il boit. Il en veut au monde entier et à Dieu, alors il boit. Il en veut au ciel et à l'aurore. Il en veut à toutes les heures séculaires qui ne se diluent pas dans l'ennui ni l'alcool, et dont il ne sait pas encore qu'il en fera quelque chose.

Aujourd'hui, c'est son anniversaire. Tout Paris découvre le cake-walk, et lui essaye de sortir du face-à-face avec lui-même. Il essaye de remettre Jack dans la boîte. *Jack*, c'est son envers, son monstre, celui qui prend possession de lui, le dégrade et l'enferme. Jack, c'est le fou, l'enfant, le dingue, le paranoïaque, le rejeté, le rejeton, l'Écossais, le fumiste, le mystique, le colérique, le mauvais élève, l'intrus qui le regarde comme un chien.

— *Put Jack in the box!*

Jane Leslie Anton Satie relève sa longue chevelure écossaise et attend, mécontente. Elle fixe son fils…

— *You hear me, young boy ?… Put Jack in the box!*

Jack, c'est un petit clown à la tête de bois, les yeux lavande, un T-shirt rayé avec des grelots rouillés et une bouche amovible.

— *Right now!* dit Jane en tâchant de garder son sérieux.

Au sol, son aîné croise les bras et les jambes en tailleur. Il a posé Jack tout pareil à côté. Ils ont le même air insolite et désordonné. Jane se mord les lèvres pour ne pas rire, le gosse se relève, chausse la pointe de ses pieds dans une toute petite boîte à cookies où Jack repose d'ordinaire, et applaudit.

— *Look Mummy, I am in the box!*

Jane secoue la tête…

— *Silly you…*

Puis elle lance un ultimatum :

— *Alfred Erik Leslie Satie, si tu ne ranges pas ta chambre dans les cinq minutes qui suivent, YOU STAY in the box! Alright?…*

Elle disparaît dans la maison tandis que Conrad accourt, lesté d'une couche faite maison, cherchant à coordonner dans la plus grande frustration les mots (qu'il n'a pas) et les mouvements (qui lui échappent). Il brandit triomphalement un escargot qu'il écrase sur le nez de son frère, puis explose en sanglots, tandis qu'un autre sanglot rival et plus aigu rallonge le sien, un sanglot qu'Erik est le seul à percevoir.

— *I heard something*, dit Erik à Jane qui revient, *I swear to God Mummy*.

Soudain, la petite Olga sort d'un placard en pleurant: même sanglot que Conrad mais plus furieux. Jane ne la prend pas dans ses bras. Elle ne dit rien. Elle n'a plus la force. Parce que soudain, il règne un silence catastrophique. Jane a vieilli de dix ans, elle est livide, aphone.

— *Mummy, what's wrong?* demande Conrad.

Erik ne bouge pas: il est là, debout, *in the box*, tenu par un pressentiment surhumain. La petite Olga s'accroche à la main maternelle de Jane qui la serre trop fort car elle tremble, son cœur se gondole. Plus rien ne sera comme avant. Le soleil frappe fort dans le vasistas, le début de l'été a surpris Paris comme une mauvaise herbe, Jane s'est figée. Autour d'elle, les murs de la chambre se mettent à chanter, tout doucement, chanter vert et bleu, calmes, démesurés, et toute la pièce s'emplit de chagrin. Juste à côté, de l'autre côté du mur, il y a le lit de bébé Diane. Dedans, son petit corps de poupée ne respire plus. Nous non plus, pense Erik, on ne respire plus. On a perdu notre petite sœur. Et Jane rayonne d'une blancheur infranchissable.

Dans la gorge de *Mummy*, les mots sont lents et gluants comme des escargots. Ils piétinent, ça fait un rythme bizarre, une éternité qui se serait perdue dans une poignée de secondes. Il faudra à Jane une éternité, juste pour dire :

— *Put. Jack. In. The. Box, will you ?*

Erik s'exécute. Le petit clown à la bouche désarticulée est roulé en boule, on l'enferme dans la petite boîte. Jamais plus Jack ne ressortira de ce quatre juillet 1870, où pour la première fois la mort entra dans la maison, faisant disparaître les cris, attrapant dans son thème majeur toute la poussière de la chambre, les insouciances et les nuits tranquilles. Il y a soudain tellement de durée devant nous, pense Erik. Un espace de temps si vide. Si compact… On ne sait pas où le ranger. L'atmosphère saute aux yeux. Et les murs chantent *quiet*, sans faire beaucoup de bruit. Ils chantent une toute petite mélodie ronde comme une ogive. Personne d'autre ne l'entend.

I heard something…, pense Erik, sans oser traverser le silence. À cinq ans, on ne traverse pas tout seul, ni sans regarder, ni sans donner la main. Personne ne pleure dans la chambre. Ils se tiennent seulement debout tous les quatre, un de moins et à sa place cette musique. Ils sont là *together*, c'est leur adieu, serein.

Ce soir, la nuit est bleue et on peut se tourner vers l'arrière. L'enfance a refermé son tout premier chapitre. La vie a un début de vie. Il ne fait pas froid, mais Diane a disparu et avec elle tout ce présent qu'on ne voyait pas et qui réunissait la totalité du monde… tout ce qui fait les matins, les repas, les marées, les rues, les cheminées, les phares, les fleurs, les bêtes, les dessins, les desserts, les tissus qui grattent et les chaussettes trop petites. Maintenant oui, il existe une totalité, on sait, un morceau de vie est tombé, *today*.

I heard something…, pense Erik… Diane a disparu, elle mesure soixante-cinq centimètres et huit mois, un demi-arpège en somme. Dont ils garderont un souvenir flou mais intense, celui de l'amour de Jane, de son manque de sourire depuis. Et toutes les différences avec la vie d'avant, ils savent pourquoi.

Un morceau de vie est tombé dans le vaste oubli qui recouvre les jours et s'arrête au bord, juste là. À la fin de la semaine, toutes les fleurs de Honfleur et de Paris se regrouperont autour du trou plein de terre. Un trou définitif bordé et débordant d'absence. Cela fait deux mois aujourd'hui que Diane est morte. Mais aujourd'hui c'est différent. «*I heard something…*, pense Erik, *I heard something… Aujourd'hui on enterre maman.*» C'est tellement grave, qu'on ferait mieux d'en rire.

Alors, c'est quoi la vie ? Hein, dis, c'est quoi ? demande Erik au ciel.

La vie c'est *un rien, un souffle, un rien*. Quelque chose qu'on découvre après coup, et que d'autres résument. À la mort d'Erik Satie, le premier juillet 1925, voici ce que *Le Figaro* publie :

> Un musicien vient de mourir qui fut un précurseur dont la destinée fut singulière et mélancolique.
> Ignoré du public et traité avec quelque indifférence par ses pairs.
> Il a quitté la vie au moment où l'ingratitude des hommes allait vraisemblablement accomplir son œuvre et lui ménager de cruelles déceptions.
> Peut-être y a-t-il mis le meilleur de lui-même, quelque chose de lui qu'il ne nous avait pas encore donné.

Peut-être, aussi, qu'il fut le plus secret des hommes. Le plus fou ? s'interrogent beaucoup. Oh non… n'allez pas croire que la folie se loge dans l'exubérance. Non, ne croyez pas aux mensonges des hommes à propos d'eux-mêmes, aux masques, aux apparences. Ne lisez pas les visages comme des étiquettes. La folie n'est pas du côté de l'extravagance, elle est du côté de la normalité. C'est bien la normalité qui est pure folie, la validation de la comédie sociale par ceux qui la jouent. La validation des groupes par eux-mêmes. Les gens seuls, les déviants, les étranges, les bizarres, ne sont que la doublure honnête des photocopies carbone qui représentent la masse des vivants. Ceux qui marchent sur la tête, les vrais fous, sont ceux qui jamais n'ont besoin d'air.

Il y a une couleur Satie. *Le gris.* Et un mystère Satie : sa chambre finale, à Arcueil, rue Cauchy. Un lieu apocalyptique, comme l'envers de sa vie. Un lieu pour soi, à soi, qui nous dit l'état de son âme. Et qui a fait sa légende. Lorsque ses amis ont ouvert la porte de cette chambre, le jour de sa mort, ils ne s'en sont pas remis. Ils ont manqué d'air. Là-dedans, c'était le vrac à l'état pur. Le chaos. Les coulisses d'un homme libre et musical, né pour créer et non pour vivre. Voici l'effroyable inventaire de la chambre interdite où demeura Erik Satie, tel qu'il fut retranscrit par Darius Milhaud :

Deux pianos : l'un tout cassé et l'autre rempli de correspondance non ouverte et de partitions
Deux semblants de tables montées sur tréteaux
Trois chaises méconnaissables de poussière
Un fauteuil antique
Un lit disparaissant sous les papiers
Dans un coin un coffret contenant une multitude de faux cols presque neufs
Quantités de vieilles chaussettes
Chaussures
Chapeaux

Effets
Journaux
Des piles de vêtements tout neufs et non dépliés provenant du Bon Marché
Des piles de piles de papiers musicaux et partitions
Quatorze parapluies identiques

    Voilà pour le quotidien, le concret, ce par quoi on suffoque, dans cette misère qui semble-t-il a pris le dessus. Ailleurs, Satie a consigné soigneusement tout ce qu'il ne pouvait s'offrir, mais qui lui appartenait. Au total : 40 000 petits papiers rangés dans des étuis à cigare *Conchas* avec plaques en Celluloïd dont l'une glisse au-dessus de l'autre comme une éphéméride. Ici, écrit en tout petit, on trouve des choses précises et irréelles, calligraphiées magistralement. Tout un tas de cadeaux épelés ou dessinés, faisant des mots une chose, une chose tangible, à soi, tout un monde souterrain où puiser du courage. Un monde interdit et invisible…

Une île tout en fonte, plus belle que le Mont-Saint-Michel
Un riche trousseau
Un somptueux mobilier
Un carnet de chèques inépuisable
Un vieux domestique répondant aux ordres
L'art de vous rendre invisible

Satie fut méconnu. Insaisissable. Incompris. Peuplé d'une vie secrète dans laquelle peut-être, *possible oui, possible,* il aura mis le meilleur de lui-même. Or la société a besoin de cohérence. Erik Satie était un compagnon d'errance. Un rébus. L'homme qui possédait deux pianos et qui, pourrait-on dire au vu de la taille de sa chambre, vivait chez eux. Et puis surtout cette énigme : il fut l'homme aux quatorze parapluies noirs identiques.

Que s'est-il passé dans cette chambre, dans cette vie, qui a créé un tel malentendu entre lui et le siècle ? *Tantôt ils font de moi un fou, tantôt ils me représentent comme un être doux d'une platitude qui n'a d'égale que la leur. Peut-être se trompent-ils. Et cela me fit grosse peine.*

Cette *grosse peine,* cette tristesse, il faut, si on s'en approche, la prendre très au sérieux. La regarder à sa mesure. L'apprivoiser en suivant les indications sonores de son auteur, *en y regardant deux fois. Se le dire. À plat. Blanc. Toujours. Pareillement. Du coin de la main. Seul. Être visible un moment. Se raccorder. Un peu cuit. Passer. Encore. Mieux. Encore. Très bien. Merveilleusement. Parfait. N'allez pas plus haut. Sans bruit. Très loin.*

Maintenant, on peut commencer.

SARABANDES...

Ralentir, diminuer, ralentir, diminuer, ralentir

2

Au printemps 1887, Erik Satie est dans un piteux état. Il a vingt et un ans et ne supporte plus de traîner ses doigts secs sur les pianos morts du Conservatoire. La Musique d'École est en train d'avoir sa peau, il s'impatiente.

Le Conservatoire, il y est entré à dix-sept ans et n'a jamais changé d'avis. Le lieu est *vaste et inconfortable. Assez vilain à voir – une sorte de local pénitentiaire sans aucun agrément extérieur – ni intérieur du reste.* Sinistres couloirs, sinistrose partout. Ha!... L'odeur du bois et de la vapeur des patates, le tout mélangé à la cacophonie cirée de toutes ces pièces où les élèves s'entraînent à briller, les uns sur les autres, compétiteurs capitalistes en herbe... Ha!... leur regard de mépris quand vous passez après eux et qu'ils prolongent exprès la durée de leur exécution péremptoire en aboyant: «Et ça, tu sais le faire toi? Et ça? Aussi vite? Tu sais le faire, toi?» Il n'y a pas de camaraderie. Et vraiment pas d'humour. Juste de la discipline à n'en plus dormir. De quoi faire d'Erik un vrai courant d'air.

Deux fois l'an, il fallait jouer dans la mascarade du rituel des bulletins de notes. Pas musicales celles-là. En janvier, Erik Satie exécute un concerto de Hiller. Il est jugé *doué* mais son professeur Ambroise Thomas ajoute un gros bémol – un bémol qui restera comme une arête dans sa gorge: l'élève Satie est un être qui évite de se donner de la peine, qui s'exécute avec mollesse, un *indolent…* Ainsi se retrouve-t-il d'emblée rangé dans le tiroir des cancres: *Erik is in the box…*

Cinq mois plus tard, en juin, l'audition de fin d'année porte sur un concerto d'Henri Herz. Satie a décidé de ne rien changer, de rester lui-même. Identique. À quoi on reconnaît, sous ses accords volontiers nonchalants, une opinion bien tranchée et bien tranchante. Car il est né comme ça. Depuis toujours il promène sa partition interne hors des musiques à la mode. Taillé pour l'exil, lui se fiche pas mal des «Périmés» et de l'Académie. Ses contemporains *se sont embarqués sur un vieux bateau «modern style» et prennent l'eau jusqu'au bout des mâts.* Son embarcation à lui, c'est le bout de ses mains. Tout ce qu'elles peuvent dire sans un mot, à leur façon. D'une manière si inimitable qu'elle retient l'oreille de l'Assemblée, elle étonne. Voici sa note: l'élève

Satie « *a de la grâce et quelle beauté du son !* ». Mais malheureusement, il reste hors sujet. L'embarcation n'atteint pas la rive. Car on ne lui demande pas de prouver sa singularité. On lui demande d'être absolument impersonnel. En un mot : de se mettre en sourdine ! Tout, chez le jeune Satie, agace. Sa dégaine je-m'en-foutiste fait scandale, sans compter son art de ne pas travailler alors qu'on lui demande de travailler son art ! Et puis… Et puis… Et puis il sourit lointain.

Il sourit lointain, on ne sait pas ce qu'il pense, pire, on le devine bien trop… L'élève Satie crée un malaise : jadis il fut un enfant impressionnable, à dix-sept ans il est devenu un adolescent impressionnant. Sa timidité est prise pour de la hauteur. Dans ses yeux, ses opinions précises clignotent comme un panneau publicitaire. Ce qu'il pensera trente ans plus tard, il le pense déjà, inflexible et intransigeant : la plupart des gens sont convaincus que *seule l'Institution Officielle de la rue de Madrid peut insuffler le savoir musical… mais je me demande – mains jointes – pourquoi nous autres musiciens nous sommes contraints de recevoir un enseignement d'État, alors que les peintres et les littérateurs jouissent de la liberté de s'instruire où ils veulent.* Oui, je me demande pourquoi il y a des Arts qui s'apprennent et d'autres moins. Pourquoi la musique n'aurait pas d'autre Cité qu'ici, alors que l'art est partout ailleurs, partout ailleurs... Comme si la liberté de créer s'apprenait nécessairement en prison.

Cette seconde année passe d'un coup sec, rapide comme un éclat de rire triste. Automne hiver printemps. Il est prêt, *croit-on*, il travaille, *croit-on*, mais non, pas du tout, il rêvasse. Les prochains bulletins sont de mauvais augure, Erik risque de ne jamais passer en classe supérieure. Il doit tenir bon face aux professeurs Sauzay et Duvernoy, qui le trouvent *passable*.

Normal, oui, Erik est un être qui passe devant les choses et les êtres. Un nomade un rêveur un indolent qui cache sa *grosse peine* et s'en va, passable Erik, passant, pas sûr de lui non plus.

Les professeurs Diémer et Fissot n'aiment pas ce gamin dégingandé, qui les nargue de sa présence ou qui ose intervenir en classe, se levant brusquement au milieu d'une explication contrapuntique, le bras levé et combatif, ulcéré, le visage rouge, les yeux colériques. On ne l'avait pas entendu de tout le mois d'octobre. C'était le plus discret, le genre «bout de classe mur du fond près de la fenêtre», *un jeune homme ordinairement potable*. Et le voilà qui se lève et crie, de cette légendaire colère qui aura raison de lui :

LES COMPOSITEURS NE DOIVENT PAS ÊTRE ESCLAVES DES RÈGLES !

Le voilà qui passe entre les tables, fixe les élèves, argumente, exulte, tente de réveiller les consciences. Il répète : *Un traité d'harmonie n'est pas une règle de jeu, ce n'est qu'un formulaire hors d'usage. Pour le rendre utile, il suffirait de le tenir à jour. Songeons que nos « bottins » de l'harmonie datent tous du milieu du XIXe siècle. Ils n'étaient pas très neufs au moment de leur publication,* mettons à jour notre liberté, notre musique, notre style !

Devant lui, les quinze élèves garçons se tiennent mutiques, imbus de Wagner et adorateurs de Beethoven. Ils aimeraient tellement rejoindre Erik, mais ils n'ont pas le cran, eux : ils veulent passer en classe supérieure. La liberté, ce sera pour plus tard, quand, admis de classe en classe, ils deviendront admis de cercle en cercle, et feront partie du gratin de la Musique Classique. Oui, là, peut-être, éventuellement, qu'ils essayeront d'être eux-mêmes... Si toutefois il en reste quelque chose, d'eux-mêmes.

En attendant, aujourd'hui, Erik Satie se saborde. C'est bien connu, lorsque les timides sortent de leur timidité, on ne leur pardonne pas, *Stay in the box, Stay in the box !* C'est le protocole qui l'exige : ATTENDU QUE LE RÈGLEMENT STIPULE QU'EN CAS DE REFUS D'ADMISSION EN CLASSE SUPÉRIEURE, L'ÉLÈVE EST CONTRAINT DE DÉMISSIONNER...

Tout se jouera sur Beethoven, *évidemment*, la sonate en *la* bémol op. 26, *évidemment*. Il s'agit d'une « Marche funèbre », *à tous les sens du terme*. Le morceau dévale allegro un rythme vif et ininterrompu, avec une descente pas joyeuse, de quoi se casser une jambe et atterrir « hors les murs »…

Ce matin, il a fait plutôt froid pour une fin de mois de juin. Le printemps tarde à venir, il paresse, on l'attend depuis vingt-deux jours et au lieu de cela, la nouvelle tombe : Louise Michel passe devant la cour d'assises de la Seine, suite à la manifestation du neuf mars où plusieurs boulangeries ont été pillées. Et tandis qu'on demande à Erik Satie d'exécuter funèbrement sa marche vers l'exil, à quelques rues de là, on demande à Louise Michel si elle a l'intention de prendre part à toutes les manifestations et d'emmerder longtemps les autorités avec ses velléités de liberté, en un mot : si elle a conscience d'être une femme ? ? ? ! ! ! On lui demande dans quelle école elle a appris ce comportement indigne, tapageur, explosif. Pour la peine, la voilà condamnée à six ans de prison, afin qu'elle comprenne : car non, mademoiselle, on ne peut pas répondre au président des assises de la Seine, à onze heures et demie de la matinée : *« Je suis toujours avec les misérables, le peuple meurt de faim, et il n'a même pas le droit de dire qu'il meurt de faim. Eh bien ! Moi, j'ai pris le drapeau noir et j'ai été dire que le peuple était sans travail et sans pain. Voilà mon crime »*… Après quoi, vers midi vingt, c'est Erik Satie qui est exécuté par le professeur Descombes: celui-ci juge son interprétation impardonnable. Il note: *élève pas convaincant, son désir de provoquer pas conciliable*, alors voilà, certes le petit a *un beau son et un talent considérable*, mais les passants et les passables, les courants d'air et les absents n'ont rien à faire ici. Ici, le talent considérable ne suffit pas. Erik est viré. Pour cause d'absentéisme, *of course*… Il n'est plus le bienvenu dans ce HLM, comprenez: *Haut Lieu de la Musique*.

À treize heures moins le quart, le printemps n'a toujours pas pointé le bout de son nez. D'ailleurs on sent cette petite fraîcheur qui annonce la pluie ou la fin d'une époque. Tandis qu'Erik est libéré pour « outrage à l'aliénation », Louise Michel est incarcérée à la prison de la Roquette, à cinquante-trois ans, pour « hommage à l'expression ». Pour la trouver, il faut suivre de moitié le Boulevard du Prince-Eugène. Tourner à gauche pour rencontrer une rue qui contraste étrangement avec la Voie Royale qu'on vient de parcourir. Le peuple de Paris la connaît bien. C'est la rue la plus lugubre de la capitale. La montée est rude, mal pavée, coincée entre des monuments funèbres et des marchands de vin (ici, on peut tomber ivre ou tomber mort, pas de problème). Les ivrognes titubants sont aussi ceux qui conduisent les corbillards. Ils ont vue sur le cimetière du Père-Lachaise. Alors, on arrive dans un espace poussiéreux, où se disputent quelques arbres malingres, que même les journalistes du *Figaro* qualifient de honteux. Là-dessous, quelques enfants jouent, en haillons, lançant et rattrapant une balle de fortune contre les deux colonnes de granit qui entourent la place de la Hoquette, prison des jeunes détenus. Ici, mesdames et messieurs, nous sommes devant la porte du vagabondage et de l'indiscipline ! Voici le dernier séjour de ceux que la société rejette. Il y a aussi des malades, bien sûr, des convalescents, des exemptés, qui s'y promènent, dorment, fument… Il y a là toute la misère humaine, qui aurait bien envie de crier, de dire ce qu'elle pense tiens, à tout âge, n'importe où, oser, sortir de la peur, de la crasse, de ce noir profond que donnent la poussière et le manque de sommeil.

À moi la vérité, les murs et les conserves du conservatoire ! Erik Satie, me voilà, fier et immature, dix-sept ans, déjà pourfendeur des arpèges et résolument en manque de méthode. Erik prépare son coup, en *gentleman* : il a décidé d'exprimer le fond de sa pensée en lettres noires sur le fronton blanc crème de l'hypocrisie. Il veut écrire en très gros caractères sur les murs du Conservatoire. Pour cela, il a choisi avec soin une peinture solide mais persistante, une calligraphie grandiose avec Majuscules Flamboyantes, sans guillemets, le tout exécuté dans un temps record de trois tours de montre, évidemment de nuit, à la faveur de l'obscur, un soir pluvieux à pas sortir une note dehors, mais un cancre, oui !

ICI, ON EXÉCUTE LA MUSIQUE !
IL N'Y A PAS DE VÉRITÉ EN ART :
LES COMPOSITEURS NE DOIVENT PAS
ÊTRE ESCLAVES DES RÈGLES.

Puis il a signé en transformant le « c » minuscule de son prénom rapide Éric, en un « K » de viKing écossais et intransigeant. Voilà. Après quoi il rentre chez lui et attend le lendemain sans pouvoir dormir, impatient comme une veille de Noël.

Au matin, le Boulevard Magenta se réveille épaté, Erik Satie aussi. Son premier cours commence à huit heures. Il se rend à pied comme toujours Rue du Faubourg-Poissonnière, *allegro*. Puis ralentit lorsqu'il aperçoit les gendarmes devant le mur. Soudain, il y a comme un grand courant d'air dehors. Erik découvre que la phrase principale a dégouliné sous la pluie de la nuit. Il ne reste plus que la signature de son crime – *Erik Satie* – bien visible encore car les lettres, au bord de disparaître, demeurent bien déchiffrables... Comme s'il avait prétentieusement écrit son nom sur les murs du Conservatoire, indexant la totalité de la Musique sur sa seule personne, égocentrique Erik, petit con en somme...

Le regard glaçant de ses apprentis collègues le met dans une colère noire, une colère noire sur fond blanc. Il s'en prend à la météo qui selon lui a eu raison de sa liberté – c'est si dérisoire, la liberté. Il sait aussi qu'il va s'en prendre une bien coulante tout à l'heure, une paternelle. Et tandis que son nom pleure comme un *baby* sur le fronton de l'Académie, lui, il sèche les obligations. Il a trouvé refuge dans un petit bar en retrait et rumine diverses versions crédibles pour expliquer la relativité de sa culpabilité. Mais l'essentiel c'est qu'il est content : il est doublement viré, double cancre !

La *Paternelle* fut brutale et appuyée : un bon *forte forte* sur les deux joues, un large crescendo sur les épaules et en guise de coda, un coup de pied au cul. Bon d'accord, il l'avait bien méritée. Et puis, c'était la moindre des choses pour un récidiviste. Erik avait déjà lâché l'école universelle à douze ans : pas fait pour ça. M'est avis que c'était plutôt le contraire.

En attendant, son père avait honte. Heureusement, le cadet Conrad et ses ambitions médicales rehaussaient la cime des fiertés paternelles, mais quand même, son *petit Erik*, son aîné, pas foutu de rester scolarisé, pas foutu d'écouter un cours, pas foutu de participer au monde, comme les autres… Erik ne savait pas quoi faire de sa peau. Son père non plus. Mais ce jeudi de novembre

– *ici on exécute la musique* – Erik avait enfin trouvé la parade avec ce *ready made* avant l'heure, que tout le monde prit pour de l'anarchisme, un tag indolent, de la fumisterie!!!!...

Qu'allait-il faire maintenant?
Comment résister à la corvée d'être là, comme les autres, simplement là et s'en contenter?...

Erik se demande ce qu'il fiche sur terre, sur *cette terre terreuse: m'y a-t-on envoyé pour me distraire un peu? Pour m'amuser?...* Pour l'instant, pas de réponse mais une urgence: il faut choisir quelque chose à faire, on ne naît pas pour rien dans ce monde, *tout le monde sait faire quelque chose.*

Alors
Satie
Choisit
L'ennui.

Dehors, un ciel blafard, de plomb, sinistre: une horreur.
J'étais triste, sans en connaître la raison.
Presque craintif, sans en savoir la cause.
L'idée me prit de me distraire en comptant lentement sur mes doigts,
jusqu'à deux cent soixante mille.

À quelques kilomètres de là, Étienne-Jules Marey regarde le ciel et s'ennuie aussi. Il a cinquante-deux ans. De cet ennui, il crée le «fusil chronophotographique». Il observe les oiseaux et les vise. Il veut enregistrer leur mouvement, c'est-à-dire le temps. Il les tient au bout d'un fusil et, par rafales de douze images par seconde, les reproduit figés sur une plaque sensible. Il cherche à capturer l'extrême lenteur des choses, leur fixité, leur suspension. Plutôt qu'une philosophie de Conservatoire, il entend conserver le présent des autres, l'arrêter, pour ensuite, en lui impulsant de la vitesse, voir la vie reprendre vie et les oiseaux s'envoler entre ses mains, des vols arrêtés et temporisés, des oiseaux comme des sons que l'on pourrait découper sur le ciel, pour les regarder longtemps, identiques, autant qu'on veut, les regarder voler immobiles, puis repartir d'un coup de manivelle. Voilà comment, à quelques kilomètres d'Erik Satie l'insatisfait, un autre insatisfait invente le cinéma. En tirant sur le temps. Douze images par seconde. En musique, cela équivaut à une mesure à quatre temps. Quatre temps suffisent, oui, c'est assez, c'est le tempo de l'ennui. C'est le tempo du cœur qui compte sur ses doigts ses propres battements, pendant une heure, deux heures, trois heures, et bientôt, cela fait dix-huit mois. Deux ans ont passé à ne rien faire, *croit-on*, alors qu'Erik est occupé à regarder passer le temps. Vivre pour rien. Écouter le rien. S'en accommoder. S'en faire un ami, une philosophie, une dépouille.

Non, à dix-neuf ans, le petit myope ne peut pas continuer à traîner ainsi sa carcasse déprimée, du matin au matin et du soir au soir, *croit-on*. Il est urgent de troquer les soirs pour un retour au Conservatoire. Un jour de novembre 1883, pour être précis le six, *possible oui, possible*, il est de nouveau assis sur le tabouret bien plat et mal réglé de la rue du Faubourg-Poissonnière. Assis devant une ballade de Chopin et cinq grognons déformés de certitudes : on lui accorde une seconde chance, le cancre est de retour...

Chopin *d'accord, oui, Chopin, Let's do it.*

Première fois qu'il retouche un piano. Deux ans n'avaient rien changé à son mètre soixante-sept, son front couvert, l'ovale de son visage au menton large et même ses cheveux châtain foncé n'avaient pas foncé. C'était toujours lui, ses yeux ennuyeux, *croit-on*, ennuyés, pour sûr. Un gabarit de crevette mal repêchée, les bras pendants, les épaules en défi et le sourire Satie en coin...

Tranquillement, il commence. Attentif. Il regarde le paysage, la lumière derrière l'arbre qui cogne à la petite fenêtre de la salle tandis qu'il joue. C'est un arbre tellement grand et tellement gentil lui, *c'est fou ce que rien n'est immobile*, se dit Erik. Rien n'est immobile dehors, et le ciel attend sagement qu'on ait fini de jouer du Chopin dans cette salle : ça lui convient on dirait, ça lui va bien au ciel, indolent, indolent, *très lent, voilà*, pas besoin de se presser il faut écouter le son et Messieurs, écouter le son ça prend du temps. Même un son très court.

Ce n'est plus Erik qui se balade dans Chopin mais la musique qui traînasse rêveuse à ses côtés, *quiet quiet...* Il fait quel temps à Honfleur ? Allons voir, tiens, la rue Haute, le 122, minuscule *HOME*. On voit la mer au bout de la rue. Ici tout est étroit, les rues sont des ruelles, les escaliers pas charmants, ça non, et un peu plus loin vers la Colline de Grâce, la rue de l'Homme-de-Bois. C'est une rue triste et monochrome, mais où on se sent bien. La rue du petit Jack. À Honfleur la grisaille est tenace. Quand il y a une éclaircie parfois, on tombe sur du bleu, un petit bleu sur les genoux des enfants quand ils tombent. Il y a de l'ennui bien sûr, et de l'attente. Il y a des horizons qui ne mentent pas, et des bruits fabuleux où crissent les rochers. Quand on s'ennuie assez, on peut entendre battre son propre cœur, son cœur, battre, sans essoufflement bien sûr puisque c'est une ballade de Chopin, bien sûr. Une ballade au cours de laquelle se trouve un arbre qui frappe au carreau d'une fenêtre sale. Cinq bonshommes trois tours de cravate s'agitent sur leur siège... Mais qu'est-ce qu'on va faire de toi mon bonhomme ? Mon petit bonhomme en bois ?... Ça y est. C'est terminé.

— *Je peux y aller ?*

Attends...
Trois mains se lèvent tandis que le visage du professeur Georges Mathias s'affaisse... parce que c'est lui qui hérite du «cas Satie». *Welcome back, Bach, back.* La sinistrose. Retour au même. Éternel retour au même. À une différence près : cette fois, la Haute Académie est bien décidée à avoir sa peau.

*

Désormais, quoi que fasse Satie, le professoral Georges Mathias lui refuse l'indulgence. Il s'est buté, il ne veut pas de chahut, il ne supporte pas la manière dont Erik fait semblant de l'écouter, il voudrait être admiré, il veut de la référence, de l'adulation, il veut se sentir le Maître, il veut qu'Erik réagisse et s'excuse et apprenne quelque chose, il veut que cet élève fasse l'élève, il veut que les heures de cours rapetissent, il ne veut plus le voir ce gosse *insignifiant et laborieux* qui ne comprend décidément rien à Mendelssohn, qui est en dessous de tout, pas digne d'avoir l'honneur d'assister à son enseignement, ce gosse *sans intérêt et incapable de déchiffrer proprement,* ce fils de courtier maritime fan de Music-hall !!!!

Un nouvel échec est en marche. Erik le sent. Mais il est assez fort maintenant pour refuser de le vivre, ou assez lâche. En tout cas, une chose est certaine : il n'affrontera pas.

De quel droit des inconnus prennent-ils le pouvoir de le juger tout entier ? Erik est en colère, il se demande pourquoi il a obéi en revenant ici, alors qu'il reste encore la totalité du monde à parcourir, *solo*. Il n'est peut-être pas majeur, mais il peut tout de même décider. Alors il fuit. Par la porte la plus pardonnable et la plus mal taillée : l'Armée ! Oui, soudain il aime la discipline, il aime la France. Il s'est réveillé, *croit-on*... Il souhaite une *discipline de fer (ou de tout autre métal)*. Alors, il se porte volontaire au 33ᵉ Régiment d'Infanterie de la triste triste ville d'Arras. Bâtiment C, me voilà, ma gueule de travers, mes idées à faire fuir et mes vingt ans (déjà) de solitude !

3

Bon Dieu ce qu'il fait chaud dans la bêtise des hommes... Les odeurs de sueur et de pieds, les horaires imposables, les jours disciplinés sans rêve, les matins autoritaires, *mais tu croyais quoi ?* Ici, on ne rêve pas non, on demande la permission. Vos désirs doivent se faire autoriser, puis patienter, *signez là* par *Mon Colonel et la Hiérarchie*. Erik résiste un an. Très précisément trois cent soixante jours. Soit: huit mille six cent quarante heures... Huit mille six cent quarante heures au milieu de ces idiots perdus mais au moins ont-ils une place, croient-ils, dans le monde.
Pas la mienne,
Go away, Run,
Trouve une porte
Right Now
You hear me Jack ?... You hear something, don't you ?...

— Alors comme ça, Monsieur Satie, vous avez des insomnies ?… demande Le Colonel.

Erik le fixe, il grelotte : des insomnies, moi ?… *Possible oui, possible…* Depuis sept nuits d'hiver glacial, Erik se force à rester dehors sous la lune, sans chemise, pour faire entrer le froid dans sa poitrine nue, qu'il imprègne tout, il veut attraper la pneumonie et prendre la porte, la Grande Porte, les bronches rouillées-cramées-confites les bronches ! Carbonisées ! Ce matin, devant Le Colonel, la peau d'Erik s'effrite, elle est rouge et honteuse. Sa voix aussi a gelé entre ses dents qui tombent. Il a la tremblote, la fièvre. On ne voit plus ses yeux. Un fluide acide brûle à l'intérieur. Un courant piquant, *si vous me touchez je vous électrocute* et ses mots bredouillent congelés. Ses doigts sont illisibles. Son poitrail : un cimetière. Erik Satie répond, lentement, frigorifié… il lui faut une éternité pour dire : Oui. Mon. Colonel. J'ai. Des. Insomnies.

Puis il s'évanouit. Infirmerie. Repos. Trois mois. Lui, on pense qu'il est foutu, pas sûr qu'il survive, or… ici on n'aime pas les défectueux, les fragiles, les indolents. *Dehors !!!!*

Erik Satie est libre. Plus vraiment sûr d'être vivant, mais libre. Pas besoin d'une guerre, parfois, on se la fait tout seul.

4

La seule chose qui compte désormais pour Erik, c'est l'instant pétrifié. L'immobilité de la forme. La clarté d'un espace en apesanteur. Une musique qui s'écoule, d'accord, mais émouvante et distante. Un rythme si lent qu'on pourrait craindre qu'il s'arrête, *un rien, un souffle, un rien.* Du bout de la pensée, il tâtonne, il cherche les notes immobiles. Alors qu'autour de lui, quelque chose de nouveau commence : un changement de rythme, un changement perpétuel.

« *Charles Baudelaire doit être considéré comme le précurseur… M Stéphane Mallarmé, le loti du sens du mystère et de l'ineffable ; et M Paul Verlaine brise en son honneur certaines cruelles entraves.* » Il y a du changement dans l'air, dans tous les hémisphères. Un bruit court même qu'à Atlanta, le pharmacien John Pemberton et son assistant maladroit viennent d'inventer une boisson incroyable, révolutionnaire. Pour ses vingt ans, quand Erik revient de son absence militaire, il assiste ainsi à la naissance conjointe du Manifeste du symbolisme et du Coca-Cola.

Erik retrouve Paris, son impertinence, son look de bourgeois faussement paisible, binocle sur le nez, la boule à zéro, les yeux encore marqués du froid glacial de cet hiver 1886, conscient qu'il ne peut *rien comprendre des choses de la vie.*

Moi, j'aime mieux le soir que le matin, si vous le permettez.
Le soir est moins matinal. C'est connu...

Retour à la case départ. Déménagement familial au 50 rue Condorcet: charmant appartement dans le style haussmannien (désolé pour la poussière des travaux mais on rénove Paris, on agrandit, on réorganise), une salle de bain, un balcon sur rue, un coin cuisine, ménage à faire... La routine, l'ennui et maintenant la belle-mère – la Bénetche: «Toi et ton frère vous êtes dans la même chambre, la bleue, celle-là c'est la mienne avec ton père, et la toute petite au fond du couloir, la chambre d'Olga; et la très grande, c'est pour ma mère.»

Voilà sa nouvelle vie, sans nul autre refuge. Le père qui ne dit rien, *on rêve.* C'est provisoire? Pas vraiment, c'est une expérience. Ah non! pense Erik, *l'expérience est la première étape de la paralysie...*

Je ne suis pas gai, je ne suis pas drôle.
Souvent je regrette d'être venu dans ce bas-monde…
Je suis tout seul, comme un orphelin, ou un ver solitaire…
Sans amis pour me tenir société.

La nef de Notre-Dame acquiesce, mais elle ne répond pas. On dirait qu'à treize heures dans les églises, même Dieu fait sa pause déjeuner. Et si dehors le parvis craque de monde, ici c'est vide, ici c'est le silence. À peine entend-on résonner son propre souffle, à peine. C'est si haut. Ici ce n'est plus tout à fait la ville, ni la vie d'ailleurs. Ici on peut rester soi-même.

Des heures, des heures. Des heures et des heures qui mises bout à bout finissent par faire un mois, oui, un mois d'heures passées à suivre des yeux une seule chose. Une seule. Précise. Délicate. Unique. Architecturale. D'une froideur magistrale : une ogive. Son lent trajet, *très lent, très lent, très lent, très lent.*

Erik reste assis là, il ne bouge pas, il respire peu, il écoute avec les yeux, le regard planté dans la voûte gothique, arc-bouté sur l'arc…
faire le tour silencieux,
imaginer le paysage quand il disparaît derrière,
la chorégraphie des lignes,
les gestes de la nervure,

s'allier l'âme à la Saillante,
c'est elle, la Saillante, qui donnera le thème,
tournoyant, revenant plein cintre, ogive,
garder tout en mémoire,
la forme des voûtes et des arcades dont le contour
lève les bras au ciel de ses deux arcs égaux qui se
coupent à l'angle,
alors oui désormais la musique
il faudra la couper à l'angle,
à l'aigu,
et s'arrêter ensuite sur la ligne du centre,
la ligne maîtresse,
l'idée qui fait la mélodie,
longue et vertigineuse comme
deux ogives qui se croisent, mais ne se touchent pas,
se croisent oui
mais
ne se touchent pas,
deux voûtes en berceau comme les
deux yeux de Mummy sur le berceau de Diane,
se croisent mais ne se touchent pas,
très lent, très lent, très lent, très lent,
nos mains sur le piano,
se croisent mais ne se touchent pas…
À quoi ça sert d'avoir un père s'il ne dit rien ?

Dans cet appartement, la chambre des frères ressemble à un laboratoire. Silencieux et très invisible. Normalement les gosses ça joue et ça ne range pas. Chez les enfants Satie, tout est à sa place. *Circulez y a rien à voir…* PRIVATE, PRIVATE PRIVACY ! C'est propre et secret. Que dessinent-ils dans la nuit sur une feuille amoindrie ? Qu'écrivent-ils de si mystérieux qu'on eût dit une secte, une espèce de sanctuaire dédié à la prière, aux histoires et aux médailles en or ? Il y avait certainement des tas de rois et de comtes qui se baladaient derrière les oreillers, beaucoup de châteaux et de tours sous le lit et la commode, des chevaux cachés dans les rideaux, et des épées bien alignées dans chacune des chaussettes. Et puis aussi, *possible oui, possible,* des défis à relever et des femmes à libérer de l'armoire… peut-être même au fin fond d'un tiroir tout là-bas dans le sud de la chambre, quelques calligraphies d'objets ou de biens imaginaires : propriétés à vendre ou à accepter, présents, chocolats et sincères condoléances, des couronnes et des capes, une cathédrale, un domaine insensé et grand avec des domestiques, un magicien et une boîte à trésors, oui, une boîte à trésors qui parle, et qui s'allume aussi…

— Tu peux demander n'importe quel rêve, n'importe quoi, le magicien l'exauce Conrad, dis-lui quelque chose, *make a wish…*

Conrad se penche sur la petite boîte à cookies, il renifle, sceptique, il réfléchit, Erik trépigne… lui, des vœux il en a des milliers, il en a une gamme aléatoire complète, des vœux en veux-tu en voilà, c'est quand même incroyable que son frère ne trouve rien à demander, je ne sais pas moi, il pourrait demander *un soleil frigorifié*, un chewing-gum, poser *une petite question toute petite*, vouloir posséder un gratte-ciel, un stylo, toutes ces choses nouvelles qu'on voit dans les journaux… Non, Conrad cède son tour, il n'a pas d'idée. Erik attrape la boîte et murmure, bien en face, cap sur le magicien :

— Je veux être… Erik Satie.

Il attend. La lumière faiblit un peu, *possible oui* qu'elle faiblisse un peu, rien de grave, rien de très visible, et finalement : rien du tout. Rien ne se passe. Non. Erik est toujours le même, mal à l'aise dans cet appartement, mal à l'aise dans sa vie et son corps. Alors Conrad attrape la boîte et murmure, tout bas, cap sur le magicien…

— *Je veux maman, I want mummy back and to go outside, to go home, I want to go home.*

Go home. Rentrer à la maison. Rentrer chez soi. Même si chez soi c'est tout petit, même si c'est un placard, « rentrer chez soi », c'est ce qu'Erik allait faire toute sa vie, mouvement perpétuel, marcher pour survivre et supporter, marcher pour ne pas se perdre, marcher Paris-Arcueil, retour-aller, aller-retour, environ dix kilomètres, ça prend une nuit de marche, une nuit entière, tout votre sommeil. En restant dehors, il camoufle son impossibilité à dormir. Le jour, il se repose comme s'il avait une vie. La nuit, il marche comme s'il était attendu quelque part. De toute façon, c'est impossible de trouver le sommeil : soit il se cache, soit il vous détruit.

Ce soir Erik se balance sur son rocking-chair. En signe de résistance : il a décidé qu'il ne dormirait plus jamais. Pas tant qu'ils resteront dans cette nouvelle vie sordide. Son père semble avoir rayé Jane d'un clignement de paupières, *fast*. Son père ne dit rien et la Bénetche s'en mêle. Elle en a marre. D'un geste théâtral, elle attrape le matelas d'Erik et le balance par la fenêtre sur le trottoir.

This is perfect ! pense Erik. Exactement ce qu'il attendait ! Il bondit hors de la chambre, claque la porte, descend les escaliers, dépasse les boîtes aux lettres, se retrouve dehors et *jump in the bed !!!!* Sur le trottoir, là, heureux, il refait son lit. Lui qui ne le faisait jamais, maintenant que rien ne l'en empêche, il obéit, et consciencieusement en plus. Il s'applique. Coin après coin, la couverture est parfaitement alignée, impeccable, et l'oreiller moelleux. Tant pis si *ce soir il fait un froid à coucher dehors...* Dehors, il se sent chez lui. Dans la rue dans la nuit, il se sent chez lui. Il fait calme. Pour se divertir, il peut divaguer sur une mer de trottoirs en chantier et d'ordures et de gens et bientôt (ils devraient les installer bientôt) de lampadaires...

5

Désormais, il possède un *chez soi* d'où on voit les étoiles. Il est *Le Fils Des Étoiles*, il a trouvé un lieu où on ne se sent pas petit. C'est là, dans la vie, au milieu de la vie, au beau milieu des gens, des fins de soirée, des bouts de conversations et des débuts d'amour. Là-bas une rupture, ici un ouvrier flûtiste, pas loin quelqu'un qui découche, à gauche la Seine et ses bordures de livres, de l'autre côté la Gare, tout est à sa place, vivant, la musique de la ville devient son paysage, son appartement, la totalité de ses meubles. Projection privée ce soir ! Lanterne magique !

Mesdames et Messieurs, attention !... Voici le Fils des Étoiles... calèche s'il vous plaît ! Sur les pavés, oui, plus fort merci, *très bien*, on enchaîne : *En blanc et immobile. Toujours. Précieusement. Pâle et hiératique. Comme une douce demande. Toujours. Précieusement. Pâle et hiératique.* Decrescendo du cheval qui s'éloigne, voilà merci très bien... Les notes aiguës là-bas, qu'est-ce que vous faites ?

Oui, vous, là-bas, les horizontales, allez, on se couche! On double croche! *Dans la tête. Moins haut. Montant. Courageusement facile et complaisamment solitaire. De même. Précieusement. Tomber jusqu'à l'affaiblissement. Courageusement facile et complaisamment solitaire. De même. Toujours. Précieusement. Toujours.* Et le tonnerre là il attend quoi?... Hein? C'est maintenant le tonnerre, *vif* la pluie merci, croche pointée la pluie, légère, légère, plus lente, attention sur quoi vous tombez j'entends de la tôle au loin, c'est trop tôt là... *Où est passé mon parapluie, j'ai dû oublier mon parapluie...* Ah non madame vous ne pouvez pas faire partie de la partition, non, vous êtes une couleur... Le rouge n'est pas admis ici, seulement le blanc. Désolé. Repassez. Ou bien mettez-vous derrière, je vous garde pour mes calligraphies, c'est mon jour de bonté... *quelle lutte, hutte, hutte!* Et la lune, la lune, la lune qu'est-ce qu'elle en dit?... *Où est passé mon parapluie...* Depuis quand elle a quelque chose à dire la lune? Ici c'est chez moi! *Très bien. Toujours. En se regardant de loin. Ignorer sa propre présence. Haut. Montant. Très bien. Dans la tête. De même. Sans s'irriter. Finir pour soi. Toujours.*

À présent Erik descend la Rue de Rochechouart sur son radeau-matelas. Troisième à gauche, il dévale sur l'Avenue Trudaine, il se croit sur un vaisseau, DESCRIPTIONS AUTOMATIQUES, *je répète:* DESCRIPTIONS AUTOMATIQUES... *Assez lent, au gré des flots.* Léger. *Petit embrun. Un autre. Coup d'air frais. Mélancolie maritime. Petit embrun. Un nouveau. Petite lame. Gentil tangage. Petite lame.* Le capitaine dit: *Très beau voyage. Le vaisseau ricane. Liez. Paysage au loin. Lié. Petite brise. Petit embrun de courtoisie.* Balancez. *Pour accoster.* Satie s'arrête sec, les yeux écarquillés, *alors ça!…* Non, il n'avait jamais vu ça!… un garçon de son âge, assis sur la branche d'un marronnier à Paris, tranquillement assis en pleine nuit, Pierrot la Lune, perché… Le gosse le toise de sa blondeur artificiellement aristocratique… et se présente :

— *Contamine de La Tour, je descends de la famille de Napoléon. Mais je peux aussi descendre de cet arbre si tu veux aller boire un coup…*

Pourquoi pas… la nuit, Paris, tous ces Apaches qui traînent, sans compter les chats noirs, les chauves-souris, les voleurs, les alcooliques, les pépettes…

— *Tu fiches quoi ?*

Erik hausse les épaules, enfouit ses mains dans ses poches, reprend son air faussement décontracté, crânant mature…

— *Je joue un peu de musique, comme ça, rien de particulier, enfin ça dépend des jours… Et toi ?*

Contamine gonfle sa poitrine, enfouit ses mains dans ses poches, crânant mature...

— *Je suis poète, je grimpe aux arbres pour la contemplation, cela fait partie de la formation.*

Erik sourit. Il a enfin trouvé un début de maison, un ami et un peu d'aventure. Maintenant, il faut trouver un métier.

— *Ce soir ?*
— *Ce soir ! La galère n'attend pas, viens, on va te trouver un travail fait pour toi, on va te faire entrer chez les grands.*

Les voilà Rue Laval, devant le cabaret du Chat Noir, Erik est pétrifié. Des gens, des gens, des gens, il y en a partout, des adultes, des vrais, des *Célébrités*... À travers la fenêtre côté rue on reconnaît tout ce que le siècle compte d'artistes, d'alcooliques, de voyous, de paumés, d'ironiques, d'allergiques à l'eau, d'incohérents et de bizarres... Contamine s'enthousiasme.

— *C'est le Temple de la convention farfelue ici, on y trouve toute une faune d'esthètes échevelés, d'aspirants littérateurs, de rapins invraisemblables, de bohèmes... Ici la pompe la plus solennelle côtoie sans vergogne la fantaisie la plus débridée.*

Et au milieu, à côté du Suisse doré qui garde l'entrée, apparaît le grand « Rodolphe Salis », le légendaire Maître des lieux, le seul laissez-passer. Il se tient bourré bourru. C'est lui qu'il faut convaincre. L'enjeu est de taille, Erik en rapetisse, il panique.

— *Non non non, qu'est-ce que je peux lui dire, bonjou bonjou me voici...*

Erik s'interrompt, heurté par la porte : le Grand Rodolphe sort, faisant déferler sur eux un torrent de musique et d'alcool. Il les regarde bourré bourru, mâchouillant le fameux cigare qu'il lâche seulement pour dormir.

— *Qu'est-ce que vous faites là les jeunes ? Il n'y a rien à voir !*

Il s'éloigne et rejoint un platane pour l'arroser copieusement et gratis... santé ! Contamine est surexcité.

— *C'est ta chance ! C'est ta seule chance ! Quand il se retourne invente quelque chose. Il faut qu'on rentre, s'il te plaît, il faut que je rentre là-dedans. Cela fait trois ans que je passe tous les soirs, je veux rentrer au Chat Noir. Salis me connaît, il me déteste, il me déteste, trouve quelque chose vite, il revient...*

Au moment où Rodolphe entre dans son cabaret, Erik s'interpose, gonfle son orgueil, il lui barre la route de ses vingt ans pâles et hiératiques, de son allure *courageusement facile et complaisamment solitaire*. Le Fils des Étoiles est décidé à intégrer la légende.

— *À qui ai-je l'honneur ?* demande Erik, toisant Salis du mieux possible étant donné que le monsieur le dépasse d'une bonne tête. Erik a l'air plus hautain encore que la Tour Eiffel – qui pour l'instant n'est construite que jusqu'à la taille mais déjà, quel métal ! *ceci est une autre histoire*. Salis le regarde amusé.

— *Toi ? Toi ? À qui tu as l'honneur ?* Il se marre, puis entre.
— *J'ai besoin d'un mi-temps monsieur. Je peux commencer ce soir.*
— *J'ai une tête de petites annonces moi ?* répond Salis en le poussant.
— *Je sais jouer du piano, je suis imaginatif, je peux m'adapter à tous les genres de musique, je ne sais pas dormir et j'ai déjà un métier en réalité, il me prend la moitié du temps. Comme je ne dors pas, la nuit, j'ai besoin de quelques heures rémunérées. Prenez cela comme ma modeste contribution à l'art que je vénère autant que les lampadaires. J'ajoute que je suis* courageusement facile et complaisamment solitaire…

Rodolphe commence à trouver ce gosse intéressant et sacrément emmerdant aussi.

— *Ici il faut venir en tant que quelque chose, si tu n'es rien, tu n'entres pas*, dit-il en disparaissant définitivement dans son établissement.

Alors, Erik se faufile derrière lui et sans réfléchir bondit sur le bar, bien en vue, au-dessus des autres, tout Paris le regarde, il hurle :

— *JE SUIS GYMNOPÉDISTE !*

Rodolphe sursaute. Ah l'allure de ce petit, l'allure du toupet de ce petit, un hurluberlu précoce comme nous...

— *C'est une bien belle profession*, fait Rodolphe en s'inclinant jusqu'au sol. *Tu seras second tapeur, un cachet par soir, tu arrives à l'heure verte, tu joues deux heures, des reprises, on va voir ce que tu sais faire, ça va dépendre de ce que tu sais faire, on te mettra à la hauteur de ce que tu sais faire...*

Et le Suisse à l'entrée frappe trois coups pour annoncer :

ERIK SATIE : GYMNOPÉDISTE !

En un instant, il a un nom, il est engagé.
La vie, la vraie, commence.

Il répète, rêveur, pour lui-même, les mots du grand Rodolphe : rendez-vous à l'heure verte, rendez-vous à l'heure verte, quand le sucre frissonne et frit dans l'absinthe, la verte absinthe…

Ce goût-là, ce sera le goût de sa vie, le goût de la nuit et de la liberté, le goût vert de ses plus grandes cuites et de ses plus grands fous rires, le goût vert de toutes les fêtes où il se tiendra à carreau. Le goût du mépris aussi, et des regards médisants. Le goût de la bagarre et de la vexation, le goût de Paris, le goût du chemin vers Arcueil, le goût de la mort et des bons souvenirs, de quand on a la vie devant soi et qu'on en veut davantage, le goût de la folie, le goût de la musique quand elle n'est plus qu'un compagnon malade qui *vous a tout donné, et qui vous a tout pris*, ce sera aussi le goût du monde entier qui ne le regardera jamais tel quel, et cela le rendra vert de rage.

GYMNOPÉDIES

Lent et douloureux. Lent et triste. Lent et grave.

6

J'ignore si la solitude se négocie bien avec l'amour. Et si le son de la vie réchauffe les soirs de grand froid. Se réjouir d'être en vie, ramasser dans son cœur tout un tas d'indices comme des coquillages à emporter, des traces que les autres existent ou qu'on vaut quelque chose, *possible oui, possible* que cela rende moins triste… mais pas sûr qu'on soit plus au chaud au coin du passé. Difficile de ne pas devenir fou, à force de collectionner les absences.

C'est terrible de se souvenir précisément des gens. Surtout lorsqu'on les croise ensuite et qu'ils n'ont pas idée de qui vous êtes. «*Satie ?… Oui, vaguement, peut-être, ça me dit quelque chose…*» Malgré sa myopie, Erik se souvenait de tous les instants partagés. Les discussions. Les endroits traversés. La partition de l'espace en contrepoint de chaque mot. Les bruits autour. Ce que les autres avaient vu ou ressenti. Quand exactement ils avaient ri ou marqué un silence. Ce qu'ils avaient confié ou esquissé d'un geste pudique. Quand est-ce qu'on avait changé de sujet. Pourquoi tout à coup, là, devant ce mur, on ne se comprenait plus. Pourquoi cette plaisanterie ne passait pas, mais l'omnibus, oui… Et puis, et puis, et puis… La couleur des vêtements. L'enchaînement des phrases. La ponctuation dans la voix des autres. Leur timbre. Leur tonalité. Leur gêne. Leur arrogance. Leur simplicité… Et puis, et puis… Leurs changements de regard. Les variations du ciel dans leurs pupilles. La manière dont leur bouche s'est décousue ou fermée. Le style avec lequel chaque geste en disait long et en disait court. Cette fois aussi où Debussy avait parlé de son père. Cette unique fois. Erik se souvient avoir dit qu'il comprenait, *cette distance, oui, cette distance, quand on se ressemble trop on ne sait plus se parler*. En réponse, Debussy s'évertuait à chercher un mouchoir, histoire d'échapper à la conversation, la distance avec son père lui faisait un mal de chien.

Auprès de Satie, on ne partage rien *pour de faux*. On ne partage rien pour *passer le temps, faire quelque chose, rester là ensemble sans importance*, non. Avec lui, la moindre nuance de spleen ou de joie, le moindre millimètre d'intimité, c'est important… *Tu viens de me faire beaucoup de peine, mon petit ami ; et il me sera encore long de savoir pourquoi tu cherches à me tourmenter. Je te pardonne le mal que tu me fais ; ton ingratitude est simplement triste à contempler; mais elle me sera légère dans trois ans. Et si j'avais su que tu étais capable de me traiter de la sorte je n'aurais pas dépensé tant d'argent pour connaître ce malheur. Je t'assure que ce n'est pas drôle du tout.*

Pour lui, tous les gens ont leur importance. Il ne trie pas les nuages, il les écoute crépiter. Tous ont une voix singulière. Resté seul, Erik repasse leur absence brutale, et en prend une part pour la route. Mais rien ne le blesse davantage que de partager un bon moment avec un être qui n'en garde qu'un souvenir vague, voire aucun. Pas d'excuse – *nous sommes si nombreux sur terre, on voit déjà tellement de gens en un jour, tellement de gens qu'on ne reverra jamais…* Non. Un moment d'inattention avec Erik, et vous étiez expulsé de sa vie : terminé, tout le monde descend ! *En art comme en amitié, il faut aller jusqu'au bout, rester intransigeant jusqu'au bout.* Et quand nous n'y arrivons plus, disparaître. Quelques jours.

À Honfleur il n'y a rien à faire, la mer emporte tout. Erik s'est fâché avec l'enfance et toutes les plages de sa vie. Il est heureux dans le bitume, loin des clapotis terrestres et de la vulgarité régulière, qui revient cracher dans vos tympans. La vulgarité du monde, *c'était cela aussi, sa mélancolie.* Pas besoin de rester longtemps sur la côte normande pour respirer le spleen. Il vous entre dans les poches, les chaussettes et même les souvenirs. Ici, à Honfleur, cela sent l'iode et la mort de maman. Ici, le ciel ne se reflète pas, il lave la lumière et l'étale, par grands coups mordorés et humides, vers l'horizon. Parfois, on ne voit même plus Le Havre. Parfois, il est impossible d'avoir la paix. Il faut se fondre aux dégradés de gris, qui vous dégradent la cervelle, oh tout ce gris. On se sent tellement abandonné.

Je n'aime pas marcher dans le vent, il kidnappe les sons et les rythmes, il écrase tout. Quand il souffle il nous rend sourd. Il faut alors se débrouiller seul avec ce que l'on voit d'immense et de trop lourd. Le monde est une partition sans tenue. La vie aussi. Elle peut tomber des mains… *Alors je n'aurais rien fait ?* dit Erik. Puis il pense à sa mère. À six ans, que retenir d'elle ? Une vague présence. Un sourire encourageant. Son rire écossais. Sa jupe beige moutarde. Les vagues des vagues des terrains vagues où ils n'iront plus là-haut sur la dune. Sa main où s'accrocher. Son épaule où poser la tête et regarder la route s'en aller quand on marche dans ses bras. L'odeur du pain frais et du lait. Quelques mots mélangés anglais français, *thank you, good night, gâteau, j'aime pas l'école, et la clef de sol il n'y en a jamais au sol j'ai rien trouvé sur le sol et dessous maintenant, now, maman.* Conrad et Olga s'en souviennent moins, ils étaient trop petits. Erik ne peut pas partager grand-chose avec eux, à part du silence familial, une longue peine et quelques soupirs.

Sur cette plage, Erik suffoque. Il est *triste à pleurer comme un saule*. Et puis, il se sent regardé, regardé par... quelqu'un. Épié. Comme s'il n'était pas sur terre pour rien ou par hasard. Comme si on attendait quelque chose de lui, faire le clown peut-être?... Il n'aurait pas dû revenir ici. Non. Revenir sur ce souvenir, un certain samedi de son enfance. L'événement très précis se tenait encore juste à côté des vagues.

Erik avait douze ans. Il marchait le long de l'écume, cherchant quoi faire... Se promener, c'est déjà faire quelque chose. Il enfilait de l'ennui à l'ennui. Et maintenant l'ennui était plus chargé que l'océan. Erik marchait sans regarder le paysage car il était venu écouter. Il aimait étudier les nuances du crissement des chaussures dans le sable: les nuances du mouillé, presque sec, craquant croquant, lourd et enfoui, à moitié croustillant, à demi collé, et le rythme qui accompagne le vaste cœur dans la marche. Telle une basse continue, le ressac jouait comme une main gauche qui garde sa tenue, la droite se tenait côté dune quasi immobile et le lointain rendait compact un grand mouvement qui n'avançait pas. L'écume blanche faisait des annotations sur le sable, petit filet de mousse diminuendo / crescendo, puis se retirait ensuite comme une inspiration profonde. Erik souriait, certain que là-bas à l'horizon on entendait l'orage. En attendant, il cherche comment se sentir moins vide. Comment tromper l'ennui. Alors, il s'ennuie davantage, par esprit de contradiction : est-ce que l'ennui doublé de lui-même, cela commence à vous faire un compagnon ?… Il lève les yeux vers les maisons du bord de mer, puis regarde la plage, et remarque une souche d'arbre posée au sol, en contre-jour. Un mystère, voilà quelques minutes gagnées. Vu d'ici, l'arbre paraît tellement seul qu'Erik se sent compris. La lumière change d'intensité et tombe sur la masse comme un rideau. Mais il suffisait de faire un pas de côté, pour que le spectacle commence. Erik s'approche de l'arbre inerte, et s'arrête net. Ce n'est pas une souche. Ce n'est pas un double abandonné. Ce n'est pas une solitude. Pas minéral. Pas végétal. C'est un corps.

Le corps de sa grand-mère, échouée sur la plage de Honfleur.

La première pensée qui lui vient est un soulagement : cette fois, elle ne pourra pas le gronder pour avoir volé un cookie dans le placard orange. Puis il panique et pousse un cri dans sa tête. *Lent. Très luisant. Questionnez. Du bout de la pensée. Postulez en vous-même. Pas à pas. Sur la langue. Avec étonnement. Ne sortez pas. Dans une grande bonté. Plus intimement. Avec une légère intimité. Sans orgueil. Lent. Conseillez-vous soigneusement. Munissez-vous de clairvoyance. Seul, pendant un instant.*

De manière à obtenir un creux. Très perdu. Portez cela plus loin. Ouvrez la tête. Enfouissez le son. Enfouissez le son... Décidément à Honfleur, il n'y a que des gens qui meurent.

— *Granny ?*

Elle ne se réveille pas. Il cherche des yeux du secours... personne. Les gens ont quelque chose à faire de leur vie eux, ils ne se baladent pas en dehors des zones des vacances. Alors Erik s'approche encore.

Les morts c'est tout froid et c'est incroyable. Granny n'était pas mouillée, preuve qu'elle avait dû tomber là, d'un coup, en maillot de bain. Le grand saut dans le vide s'était avéré être une petite chute : rupture de quelque chose *inside* peut-être, *possible oui, possible*, rupture avec la vie. Erik remonte son pantalon et s'assied quelques instants à côté. Sans oser la regarder. Les yeux tournés vers Le Havre qu'on ne distingue pas sous la brume. Il est là comme un chien. Un chien qui ne sait que faire et ne veut pas se mouiller. Il ne pense même pas à la réaction de son père quand plus tard il découvrira la souche de sa mère sur le sable de son enfance. On est tous orphelins, les hommes, on dirait dans cette famille.

Erik remonte minutieusement le bas de son pantalon, comme Granny lui a demandé ce matin. Cela avait été tout un cirque pour lui faire remonter ses ourlets, par principe il avait refusé. Quand la mode sera aux ourlets à ras des lacets, il portera des pantalons trop courts, par principe. Mais aujourd'hui, d'accord, Erik est d'accord… il remonte ses ourlets. Il ne se sent plus regardé. Il se dit surtout qu'on ne peut pas compter sur les femmes. Elles vous laissent tomber du jour au lendemain. C'est toujours plus facile de partir. *Now, now, so what, now?…* Ceux qui restent sont toujours très embarrassés d'eux-mêmes. On a beau avoir douze ans, on sait ce que cela fait de ne pas dire au revoir. On sait ce que cela fait de tout donner à un regard qui ne vous regarde plus. Granny a les yeux grands ouverts sur les nuages. Si on se penche, on peut voir son propre reflet dans ses yeux. Pour rigoler, Erik s'y mire en faisant des grimaces. C'est rigolo mais ça ne la fait pas rire. Comme quoi les clowns, ils vous tirent la langue, mais ils ne vous tirent pas de la mort.

Alors il attrape un coquillage froid, le pose sur le gilet de dentelle mauve éternelle de sa grand-mère, claque ses mains pour enlever le sable, se relève et d'un mouvement lent, plus que lent même, il enjambe le corps souche de celle qui l'a élevé les six ans durant qui suivirent la mort de Jane. *Must go. Must go. Good bye Honfleur.* Il laisse Granny franchir la Porte Héroïque du Ciel :

calme et profondément doux. Superstitieusement. Avec déférence. Très sincèrement silencieux. Éviter toute exaltation sacrilège. Sans orgueil. Obligeamment.
RIDEAU.

LA PORTE HÉROÏQUE
DU CIEL

7

Où en sommes-nous chacun, de ce qui fait une vie ? Qu'a-t-on appris de tous les bruyants bavardages dont nous recouvrons nos malaises d'être là, vides et visibles, mon Dieu tout ce vide... À qui la donner pour ne plus l'affronter, cette perplexité d'être soi, être soi d'accord, mais qui ? Il est impossible de se ressembler. Un matin, quelque chose se stabilise et une rue plus loin, on a changé de caractère ou de colère. Il n'y a pas de mots pour dire ces variations silencieuses. On s'éloigne, c'est tout. On ne se reconnaît plus, *simply like that*. Autour, tout est resté identique pourtant, sauf soi-même. On est perdu. Dépassé. Alors on attend, avec le visage intérieur de quelqu'un d'autre. Celui des mauvais jours et des incertitudes : souffle agressif, sans raison non, sans raison, si ce n'est que vivre n'est plus tenable. Soudain, se tenir là dans le monde, c'est au-dessus de nos forces.

Il faut prendre son temps. Attendre que cela déborde. Même si la maladie a commencé dès la jeunesse, même si à vingt ans déjà c'est un problème *every day*, il faut encore des années et des années *de lutte, hutte, hutte* avant de ne plus pouvoir faire d'efforts. *Je me sens incapable d'assister à l'audition des* Morceaux en forme de poire. *C'est au-dessus de mes forces. J'en suis désolé.* Dire bonjour, impossible. Jouer le jeu, impossible. Satie s'est ridé de déceptions. Il fait le tour de sa chambre et le tour de sa vie. Il se demande s'il a eu quelque ami, au moins un, oui mais qui ? Tout ce temps de partage passé ensemble, ne serait-il que du temps passé ensemble ? Du temps dont on pourrait se passer ? Si Erik disparaissait aujourd'hui, qui demanderait des nouvelles, qui s'inquiéterait ? Le découragement est tel, à présent, qu'il devient une porte héroïque ouvrant sur le ciel. La porte qui lui permet de rester un héros. Pour cela, il doit décider d'être libre, quitte à montrer sa laideur. Alors Satie décide d'être lui-même. Il décide d'inentendre définitivement les règles et les jugements, tout ce qui fait qu'on se sent accueilli, existant… C'est décidé, oui, il préfère montrer sa laideur. Parce que cela coûte trop cher de feindre. L'intimité c'est démodé, Erik adopte son propre *modern style*. Sa vérité dépasse les bornes. Elle n'a pas de fin, elle n'a pas de fond, elle est vide et austère, pleurnicharde, simplette, grossière, banale, décevante, oui. La vérité nous universalise, et nous rend tous minables et misérables. *Poor Mister...* Alors la seule manière d'échapper à soi, c'est de tout recommencer. Quitte à tout gâcher ou tout détruire.

Un jour, brusquement, sous les yeux interloqués de Contamine, Erik prend ses vêtements, les roule en boule, s'assied dessus, les traîne sur le plancher, les piétine et les asperge de toutes sortes de liquides jusqu'à les transformer en véritables loques. Il défonce son chapeau, crève ses chaussures, déchire sa cravate, remplace son linge fin par d'affreuses chemises en pilou. Il cesse de soigner sa barbe et laisse pousser ses cheveux. Il veut être méconnaissable. Il en a fini de lui-même, ça y est, terminé, il déménage de personnalité et change de timidité.

Désormais les matins s'ouvrent au rez-de-chaussée du 6 de la rue Cortot, dans le haut Montmartre. Il a emporté son désastre dans une désastreuse petite pièce pas plus grande qu'un placard *(Look! I am in the box Mummy!... Silly you...).* C'est une petite boîte où l'on ne peut même pas se tenir debout. Une pièce à la hauteur de son atmosphère, de son climat *inside.* Misérable et minuscule, avec une porte qu'on ne peut pas ouvrir tout à fait, un lit qui prend toute la place, un sol carrelé traversé par le tuyau d'écoulement des eaux usées malodorantes, peu éclairé, muni d'un coffre, pas même une armoire... mais c'est un endroit idéal. C'est exactement le paysage qu'il fréquente en lui-même. C'est lui-même à l'époque, incarné dans un lieu à vivre. Une pièce sans soleil car il déteste le soleil, *quel raseur celui-là ! Quelle tourte ! Il a l'air d'un grand veau avec une tête rouge comme un coq. C'est une honte.* À cette époque, Satie se sent comme un petit placard fait d'une seule place. Pas de confort, mais la liberté minuscule d'être soi, une liberté toute blanche, toute perdue dans la rumeur. Il déplace sa silhouette urbaine *comme une petite question, toute petite.* Ici, *possible oui, possible,* on ne viendra pas le déranger. Ici, c'est son *Home*. Il peut se rouler en boule dans sa boîte à cookies et dormir le jour, marcher la nuit, boire, flâner, rêver, vivre…

Il vit caché, miséreux, prend grand soin de son unique costume qu'il partage avec Contamine ses soirs de relâche au Cabaret du Chat Noir ou à l'Auberge du Clou. L'un sort si l'autre reste. L'un reste quand l'autre est dehors. La mondanité tient à un seul costume, qui va aussi mal à l'un qu'à l'autre : l'amitié souvent allie les contraires, les contrariés et les mal assortis. Finalement peu importe si le costume est trop long, Erik veut être identifié. Il tient sa marque, son slogan : il est celui qui, en fin de soirée, quitte bruyamment son piano, faisant valser sa chaise bancale comme une nuit blanche, pour annoncer : *je vais rejoindre mon placard, et je vais m'asseoir au coin de mon froid.* Le personnage commence à naître.

Jour après jour, il façonne son masque et efface l'indolent, le passable, l'ordinaire. C'est le tournant de sa vie. Le jeune timide et réservé quitte sa timidité natale pour libérer le clown doublé tristesse, le clown réversible. Il réveille les *tonnes d'humour sauvage qui dorment en lui.* Ainsi peut-il se tenir à distance. Et debout. Personne ne soupçonne le maniaque inoffensif sous les coutures de sa lavallière, ni sa lassitude de se contraindre à être délicieux ou odieux, selon qu'il se sent humilié ou rejeté. Sa seule préoccupation est d'entrer dans la vie et d'échapper à la vie. Ne pas se laisser piéger par des sentiments trop personnels. Préférer rire. Rire d'une absurde mélancolie pour ne pas prendre ni la vie ni la mort au sérieux, quitte à ne jamais être pris au sérieux, tel est le piège. Tant pis, pour l'instant, il a besoin de prendre confiance. Il se cherche, il tâtonne. Après tout, il n'en est qu'au tout début du monde.

En quelques semaines, il a trouvé son thème et ressemble à la faune de Montmartre. Son pantalon tombe comme des cernes, mais il est parmi les artistes, les solitaires, les orgueilleux, les mégalos, les mythomanes, les médiocres et les sublimes, les menteurs et les prétentieux, les raseurs et les très pauvres, tous tous tous ils sont là à trinquer les verres d'alcool et les vers libres, les manifestes et les certitudes, les rancœurs et les oublis, toute la désespérance du siècle bouillonne ensemble, même mouvement, époque du mouvement, perpétuel mouvement, et il fallait en être, il fallait en être. Selon les heures, on avait ses habitudes: le café Pousset, le Thommen où siègent les hydropathes, le café Vachette bien sûr, chez Bouscarat, aux Billards en bois, au Chat Noir, au Clou, partout partout on flâne, on s'engueule, on revendique, on abdique, on découvre, on s'angoisse, on s'impatiente…

Et il n'y a pas d'horloge. Pas besoin. On connaît l'heure en observant les habitudes des autres. Quand Jules Dépaquit passe prendre son *petit noir* au Clou, avec ses sabots qui font un clac de chèvre sur les lattes encore glacées de bière, tout le monde sait qu'il est sept heures du matin. Certains songent à aller se coucher, d'autres à ouvrir le journal. Jules, c'est le grand frère: dégaine blafarde, tout droit sorti d'un cimetière, un type gothique lumineux aux cheveux noirs avec le regard d'un pissenlit de Bavière, frisé comme une moustache, sûr de lui, la tête mal assurée en haut d'un corps trop grand. Si vous le cherchez, Jules passe l'après-midi deux rues plus loin vers la fontaine, à tenter de vendre pour vingt francs d'inouïs dessins absurdes qu'il met le déjeuner à accomplir consciencieusement, dans le silence modéré de sa chambre d'hôtel fumante.

À l'heure verte, ce sont les Incohérents qui débarquent: on sait ainsi qu'il est sept heures du soir, et que la nuit s'approche, ses cascades de monde et de bruits, Contamine, Narcisse Lebeau, Satie et Alphonse Allais, qui se réunissent sous la devise de ce dernier :

« Un homme qui sait se rendre heureux avec une simple illusion est infiniment plus malin que celui qui se désespère avec la réalité. »

Avec les Incohérents, l'art devient participatif. Tout le monde peut essayer, qu'il ait quelque chose à dire ou pas. *Car, signe des temps, les artistes sont devenus des gens de métier ; les amateurs sont devenus des artistes !* Pour preuve, Jules Lévy organise une exposition de dessins exécutés par des gens qui ne savent pas dessiner. Désormais peuvent se rejoindre tous ceux qui ne sont « ni impressionnistes, ni essayistes, ni voyistes, ni intentionnistes, ni barbouillistes, ni quoi-que-ce-soitistes », et Satie s'y reconnaît. Il défend les projets les plus utopiques et les plus ironiques comme l'installation d'un canal aérien. Il prône les constructions démocratiques enlevant aux étages supérieurs l'inconvénient de se trouver à des hauteurs exagérées. Alphonse Allais, Émile Goudeau, Caran d'Ache, Contamine, Narcisse Lebeau, la joyeuse bande ironise et se moque : nous, on dessine, on crée et *d'une seule voix je crie : vive les amateurs !* Cessons de ranger l'art dans des armoires à smokings, cessons de porter aux nues *l'esprit « concours de l'institut »*. Proposons des natures demi-mortes ! Des peintures demi-sel !

Des eaux excessivement fortes ou des bas-reliefs à l'ail ! Prétendons que les astres ne se trompent jamais. *D'ailleurs, c'est en les consultant que nous nous sommes aperçus que les événements les plus importants du mois de janvier devaient se passer dans la première et la seconde quinzaine de février. Notons en terminant que la plupart des faits saillants du mois de février se passeront dans le courant du mois de mars.* Le mois de mars, c'est celui de la neige, et vous, mesdames messieurs, ici, sur ce bristol blanc, monochrome, mesdames messieurs, vous ne voyez que du blanc, tandis qu'Alphonse, lui, voit au travers. Il voit plus loin. Regardez, ça commence, elles sont là ce dimanche, c'est une première communion de jeunes filles chlorotiques par temps de neige. Elles dansent de travers, *en y regardant à deux fois. Se le dire. À plat. Blanc. Toujours. Passer. Pareillement. Du coin de la main. Seul. Être visible un moment. Se raccorder. Un peu cuit.* Un peu cuit, ça, c'est le moins qu'on puisse dire. Satie ne tient plus debout. Mais il s'en fiche, il n'est plus tout seul.

Avec sa bande, il préfère rêver que vivre. Car ça lui est plus difficile de faire la conversation que d'inventer une harmonie. Le quotidien l'éprouve, le harasse. Le réel est terrifiant, il revient le hanter, un vrai boomerang… Partout s'accumulent des obligations, des politesses, des contraintes, du paraître et de la justification. Les gens vous somment d'être là, ou vous reprochent votre absence au moment, votre distraction. De la pure jalousie, je vous dis. En attendant, il faut être ici avec eux, sans pause, c'est épuisant. On ne peut jamais disparaître tranquillement, se réfugier dans l'intime, non, il faut participer. Être un homme, une femme, un citoyen, une personnalité ou un parvenu qu'importe, il faut *être*, et de préférence pliable, rangeable, étiquetable. Alors Satie se force. Mais il ronge son absence comme un frein, il la reporte, la mâchouille et quand il n'en peut plus, il pique une colère sur tous les prétextes possible, histoire de créer un endroit imperméable où les autres n'ont plus du tout envie de venir le chercher. Sauve qui peut le monde ! Pour les colères, Satie était le meilleur, le Maestro. C'était son art de vivre, sa signature de vie pourrait-on dire.

Où en sommes-nous, chacun, de ce qui fait une vie ? Si on regarde d'un peu plus près les lignes de nos destins, si au lieu d'y voir un fil on se penche vraiment, vertige sur l'invisible, on peut la distinguer, là, en bas de page, ce qui fait la couleur spéciale d'un chemin, le vôtre, le mien. Tous, nous avons tous une signature de vie. C'est elle qui vous rend singulier, à cause d'elle que les choses arrivent d'une certaine manière, et se répètent ou se déroulent selon une musique spéciale, identifiable, différente. Dès ses premières années, comme tout le monde, et tout en l'ignorant, Satie était entré dans sa tonalité.

D'un bout à l'autre de son existence, sa signature de vie fera de lui ce que Debussy perçut immédiatement : *un égaré dans ce siècle*… Man Ray estimait qu'Erik était le seul musicien à avoir des yeux – lui qui était si myope. Le photographe avait repéré qu'Erik n'écoutait pas la musique, il la peignait, il la photographiait, il l'observait. Elle fut à ses côtés comme un frère, une sœur auprès de qui on grandit, ombre inactuelle et pourtant là, plus qu'une présence : un être qui vous sauve de la faim, de la détresse, et même de l'amour. Max Jacob n'a pas poussé plus loin la porte de la mélancolie de Satie, sinon il n'aurait jamais pu affirmer que Satie souffre et veut souffrir. C'était ce que l'on s'imaginait grossièrement quand on se laissait arrêter par son bavardage et son humour, quand on tombait dans le sérieux piège de sa fantaisie. Erik Satie était un grand enfant hypersensible, iconoclaste, que Cocteau, qui s'effondra en larmes le jour de sa mort, avait déchiffré, très clairement : sa musique, comme lui, est *un aspect de la conscience moderne, traduite en son.*

Ici demeure Erik Satie que l'on prit pour un fou, un misérable, un fumiste, un analphabète musical, un fantaisiste, un raté, un aigri, un maniaque, un ivrogne, un clown, un paranoïaque et oui, certainement qu'il fut tout cela à la fois. Tout cela à la fois, *possible oui, possible.* Mais si on prend le temps de se pencher sur la ligne de sa vie, sa portée, tout ce que l'on distingue, c'est du jazz. La vie de Satie n'a été qu'un zigzag, un croisement de blues et de ragtime, un mélange de spleen, de fête, d'enthousiasmes, de déceptions, de crises et de défaites, mon Dieu ce qu'il pouvait continuer d'espérer au-delà de toute espérance... sa chambre d'Arcueil est cruelle... sa musique est cruelle... sa vie fut cruelle... sa misère fut cruelle... Heureusement qu'il y avait Chopin et sa *blue note* promenant leur écho triste dans les mémoires, avec ce léger affaissement des épaules et des rêves, un demi-ton au maximum, qui donna plus tard sa couleur musicale au blues, puis au jazz...

Le jazz? Oui, c'était quelque chose, ça, le jazz. La première fois qu'Erik a rencontré le jazz, la Tour Eiffel paradait fièrement ses trois cent vingt-quatre mètres de hauteur métallique, après deux ans d'un chantier chaotique : elle était prête la dame, pile à l'heure pour l'Exposition universelle de 1889, Satie avait vingt-trois ans, l'âge tendre et disponible, l'âge où tout vous imbibe. Il se tenait au milieu de la foule grouillante, il écoutait les trois millions deux cent mille visiteurs, car tout était musique. Là-bas quelques rythmes roumains, des czardas fabuleux d'une sonorité énigmatique, qui feraient naître bientôt les futures gymnopédies... et de l'autre côté tout à fait, quelques rythmes dissonants, incomparables, fondus dans des paroles étonnées, quelque chose qui allait devenir : le jazz. Vingt-sept ans plus tard, ce fut le choc : le premier jazz band se produisit au Casino de Paris, et dans les milieux underground on écoutait les disques venus de La Nouvelle-Orléans. Erik absorbe toute la nouveauté qu'on lui propose, épaté par cette nouvelle manière de chanter à contre-chant et de tomber, si ce n'est d'accord, toujours d'aplomb… Ah, lui qui fut sans cesse en avance d'une année, d'une décennie, d'un demi-siècle, ah qu'il aurait aimé retomber d'aplomb ! Mais non, il n'avait pas assez de force pour ne pas se faire mal. Il tombait, retombait, comme du plomb, *mais ceci est une autre histoire.*

À cinquante ans, il composera le premier ragtime de la musique européenne, pour son ballet *Parade*, inspiré du désormais classique « *The Mysterious Rag* ». Il faut la *jouer triste* cette musique, conseille-t-il, il faut la *jouer triste*. Le mystérieux chahut est plus profond que l'Univers, il a des allures de fête, de chiffon, de tête à l'envers, de joie, des allures endiablées de divertissement, mais c'est un leurre. Ragtime, chahut de l'âme, il faut le *jouer triste*, pense Erik, parce que *le jazz nous raconte sa douleur et on s'en fout, c'est pourquoi elle est belle, réelle.*

Tant de ses contemporains, les critiques, les académiciens, le public, tant et tant d'âmes qu'Erik aurait voulu accompagner un moment, oui, être ensemble un moment, sans déranger bien sûr, juste pour vous, m'asseoir dans votre vie cinq minutes et m'en aller... Mais non. Satie s'était égaré dans l'époque et l'époque égara Erik Satie.

D'une certaine manière, à rebours, on peut la lire maintenant cette ligne de vie qui n'a jamais cherché autre chose qu'un peu d'amour et d'apaisement, un peu de silence, un peu d'enfance, un peu de ce qui nous unit les uns aux autres : un regard. Il aurait fallu prêter l'oreille, mais eux n'ont pas compris. Ils ont pensé, écrit, répété, ignoré, hué, sifflé, craché, en masse, ils ont pensé : Erik Satie nous raconte sa douleur, et on s'en fout.

Pourtant, comme par un signe du destin, depuis le chahut d'une âme au chaos d'une autre âme, au seuil de la Porte Héroïque du Ciel, un an après la mort de Satie, naissait Miles Davis...

AVANT-DERNIÈRES
PENSÉES

8

Erik ressemblait maintenant à tous les autres, mais personne ne ressemblait à Erik. Certains avaient l'intention d'aller jusqu'au bout, d'autres s'étaient déjà perdus mais ne disaient rien, préférant se laisser porter par l'atmosphère, la douceur de vivre, cherchant dans la compagnie des autres toutes les voies possible pour échapper au silence. En quelques années de pauvreté et d'embarras – un costume pour deux, trop d'absinthe et trop d'absurde –, Contamine, triste mine, n'était plus tout à fait le même.

Personne n'avait la force de lui en parler, d'autant que l'alcool fatiguait les artères et le crâne, faisant tourbillonner les élans de sincérité sur eux-mêmes, créant une spirale bouillonnante où s'accentuaient les pires aspects de chacun, sans frein. L'alcool fait de vous une caricature. Et Contamine, triste mine, ne parvenait plus à aller au bout des choses. En amitié comme en littérature, il collectionnait les débuts de phrases et les débuts de relations. Il n'osait jamais prendre le risque de travailler, se tromper ou se soumettre au jugement d'un autre. C'était un peureux. En fait, derrière une apparente paresse, il avait un ego grand comme les Buttes-Chaumont. Il était fantaisiste, bourré d'idées, une vraie fourmilière son crâne. Mais rien ne se développait : une meilleure idée en chassait une bonne et puis voilà, *end of the story*. En parallèle de sa vie littéraire, il faisait des traductions exécrables d'auteurs qu'il exécrait mais qui, eux, avaient publié. Contamine avait la naïveté de croire que le plus difficile et le plus noble se situait au commencement des choses : aborder quelqu'un, rebondir avec une idée nouvelle, lancer un nouveau parti politique, proposer un premier baiser. Il croyait réellement que le courage, c'était de se jeter à l'eau. Il découvrit qu'en vérité, le courage, c'est quand il faut tenir bon. Quand il faut continuer de nager. Il n'était ni coriace ni patient. Il était comme Erik, il lui fallait les honneurs et l'admiration immédiate, totale, l'effet quoi, le reste… c'était pour les dactylos.

À force de pester contre les auteurs minables qu'il devait traduire, Contamine finit par dégringoler la hiérarchie très codée des : « Profession : bilingue ». Terminés les romans, les essais, les articles d'import italiens. Maintenant, à cause de toute cette énorme révolution industrielle qui faisait un bruit de monstre broyeur, il était passé à la traduction des modes d'emploi pour machines. Il prétendait qu'il avait ainsi plus de temps pour penser aux choses sérieuses : la littérature. Saisir son époque. Dire quelque chose du monde et s'y tenir jusqu'au bout.

Mais Contamine restait bloqué au précipice de l'intention sans pouvoir passer à l'acte... Il commençait ses histoires, et ne les finissait pas. Il commençait ses verres, et ne les finissait pas. Bientôt ce furent ses phrases. Ses souvenirs. Ses mots. À force d'être prisonnier du tout début de son monde, il avait rapetissé, l'ami. Parfois, il commençait à vous regarder mais ne finissait pas. Puis il ne vous reconnaissait plus. Il commençait à se souvenir, mais non, il ne se rappelait plus. Il finit par se perdre. Erik le croisa Place Denfert-Rochereau, tandis qu'il rentrait dans la nuit vers sa chambre d'Arcueil.

Contamine était perché sur le Lion de Belfort, autour duquel on avait installé des jets d'eau rafraîchissants, ce dont tout le monde se fichait. Le « triste mine » était accroché à quatre pattes, serré collé contre son vertige, terrorisé. Les gens s'arrêtaient regarder et rire. Erik lui tendit sa canne...

— Accroche-toi ce n'est pas si haut, tu peux redescendre doucement, accroche-toi tu n'es pas loin du sol, je suis là ici, je te rattrape, je ne te laisse pas tomber, essaye de glisser, vas-y, glisse doucement, allez, descends de ce lion tu vas attraper froid, ce n'est qu'une statue, ne panique pas, ce n'est pas un vrai lion ne crains rien, commence à glisser, ce n'est que de la pierre sculptée sans importance, attrape la canne, fais un effort bon sang…

Mais Contamine ne réagissait pas : soit il ne reconnaissait plus Erik, soit il avait réellement migré d'hémisphère *inside*. Erik secoue la tête et enjambe le premier étage de la fontaine, prêt pour la douche du siècle. En quelques secondes, il est trempé, il se marre, Contamine lui tend la main et l'aide à monter sur le lion, il va s'asseoir.

— *Un remontant ?…*
— *Volontiers…*

Ils débouchent une fiole de calvados, il est cinq heures du matin Place Denfert-Rochereau, d'ici on voit monter la rue d'Alésia comme une promesse d'avenir et deux amis trinquent au début du jour qui pointe sa gueule moutarde vers ce qui deviendra plus tard la tour Montparnasse.

L'air est tendre, le calva est *strong*, comme le rire de Contamine qui n'en finit plus, commence et commence encore, au point de déclencher l'hilarité des pigeons autour, et des clochards voûtés qui cherchent où dormir. Erik cogne ses jambes contre le flanc du lion, en rythme avec l'écho de l'eau quand elle touche le sol. Il y a de l'aigu et du grave, du sérieux et de l'inutile, du sonore et du blessé. Il y a des litres de sentiments partout. Ça sent le prélude, le flasque. Ils sont seuls à rigoler en haut du monde, capitaines d'un navire immobile, perchés sur des montagnes d'idées. Ils partagent sans le savoir leurs avant-dernières pensées. Méditation : *un peu vif.*

Le poète est enfermé dans sa vieille tour (the poet is shut away in his old tower). Voici le vent (hear the wind).

Le poète médite, sans en avoir l'air (the poet is musing, without appearing to). Tout à coup, il a la chair de poule (All of a sudden, he has goosebumps). Pourquoi ? (Why ?)

Voici le Diable ! (The Devil !)

sec. Non, pas lui : c'est le vent (no, it's not him : it is the Wind).

Le vent du génie qui passe (the wind of the spirit passing by).

Le poète en a plein la tête (the poet's head is full of it). Du vent ! (of wind !)

Il sourit malicieusement, tandis que son cœur (tendre, tender He smiles slyly, while his heart) pleure comme un saule (tendre, tender weeps like a willow). Mais le génie est là qui le regarde d'un (but the spirit is present !) mauvais œil : d'un œil de verre (it gazes on him with an evil eye : a glass eye).

Et le poète devient tout humble et tout rouge (and the poet grows meek and blushes).

Il ne peut plus méditer (He can muse no more).
Il a une indigestion ! (he retches !)
Une terrible indigestion de mauvais vers blancs et de
(a terrible retching of bad blank verse and)
Désillusions amères ! (bitter disillusions !)

Le lendemain au Clou, Contamine entre d'un pas joyeux et se rue sur Erik, avec une bonne nouvelle : il s'est fait un nouvel ami hier soir, Place Denfert-Rochereau, un ami formidable, qui plairait beaucoup à Erik.

— *Il faut que tu le rencontres. On se revoit ce soir, devant le lion, viens !*

Les autres se moquent. Le récit de la veille a circulé dans tout Paname. On surnomme Contamine « le roi de la jungle » après sa « crise du lion ». Tout le monde sait que le poète est perché, c'est officiel. Erik, lui, ne rit pas. Car hier, ce n'était pas vraiment Erik place Denfert-Rochereau. Ce n'était pas le personnage qui avait partagé un peu d'amertume et de calvados avec son ami. Ce n'était ni le mondain ni le clown ni le festif. Il s'était montré lui-même, à brut, abrupt, réel, vrai. Il s'était tenu tel quel, tenant tête à ses incertitudes et à la rumeur sale. Le vrai Erik. Et voilà que Contamine, le plus effrayé d'entre tous, au moment où il commençait à s'effacer pour de bon, avait entraperçu le vrai Satie.

— *Pour ce soir, je vais voir ce que je peux faire,* dit Erik, *je ne promets rien, mais je vais voir ce que je peux faire.*

En vérité il est inquiet. Un ultrason vient de transiter entre la pulsation cardiaque de son ami et le flux de son cœur musicien : un appel au secours. Puis plus rien. Erik se demande si ce courant électrique vient de son âme ou d'ailleurs. Il chasse l'instant et se met au piano dans sa tête : il a envie de composer, une urgente envie de composer. Soudain, il n'est plus là, personne ne l'a vu sortir : la porte, le clavier, la solitude… *beginning*. Ce soir, il travaillera toute la nuit, comme si cela durait une page de vie, quelques minutes, et le voilà passé du matin au matin.

Il existe un Soleil frigorifié, et je le connais bien. Je ne suis pas gai, je ne suis pas drôle. Souvent je regrette d'être venu dans ce bas-monde… Mais que suis-je venu faire sur cette terre si terrestre et si terreuse ?… Je suis tout seul, comme un orphelin, ou un ver solitaire… sans amis pour me tenir société.

On apprit la mort de Contamine trois jours plus tard. Une chute dans une fontaine. Certains parlèrent d'un suicide. Il n'en pouvait plus d'être seul, ça n'en finissait pas, ça n'en finissait pas, ça ne voulait jamais finir.

Et cela continue et continuera toujours, sans la moindre interruption, sans le plus léger espace, toujours !

9

Quand les gens vous oublient sans raison, c'est indescriptible. Cela devrait être interdit par la démocratie. Ils vous laissent une fuite dans le cœur, comme un sifflement. On appelle ça les acouphènes. Pour les musiciens, ce n'est pas de chance.

— *Je l'entends, je l'entends j'te dis, j'entends ma mère qui bourdonne, aide-moi, fais quelque chose.*

Claude souffle dans l'oreille d'Erik et passe sa main en petites tapes sur son front terrifié.

— *Tu l'as encore le bourdon là ?*

Erik acquiesce. Il ne parvient pas à se décoller du mur du Cabaret. Il ne tient plus son corps. Il tente d'avancer mais tout se dérobe. Dans la salle, certains croient qu'il fait une overdose, mais une overdose de quoi ?

— *Mais non, il ne touche pas à ça.*
— *Je ne touche pas à ça!!!!* hurle Erik, empoignant Debussy. *Help me!*

Son front transpire luisant, on dirait un volcan dégarni : les os, comme la pierre gondolée par des millénaires d'érosion, vacillent sous la peau. Il tente de s'essuyer, mais son front n'est plus qu'un grand drap froissé. Tout le monde le regarde, il voudrait disparaître. Ses deux yeux planqués comme des piquets gardent son âme, résignés, sur la défensive. Il s'allume une cigarette et, téméraire, met son corps en marche, lentement, son corps plié, il y a du vent soudain au Chat Noir. Erik ressemble à un mât titubant, mal assuré, attention : *mer d'alcool en vue, ça tangue...*

Maintenant, cela fait bien cinq bonnes minutes qu'Erik essaye de sortir. Il vise la porte, mais la porte se déplace vers le dehors et le dehors n'entre plus dans la porte, il est devenu trop grand. Erik s'agrippe, bâbord, tribord, *la rue part à gauche et l'ouverture de la porte se déplace vers la droite, alarme! Alarme!* Il se tourne vers les autres, défoncé et scandalisé, ce qui va souvent de pair avec lui.

— *La porte n'est pas dans l'axe!*

Bâbord, tribord, schplaff, schplaff, bam, une table. Voilà. *Je vais peut-être rester un peu assis moi.*

Claude le regarde, dépité. À force d'essayer d'enlever le bourdon qui tourne dans son oreille, Erik saigne. Il ne s'en rend pas compte. Il tente encore de rejoindre la porte et tout ce qui compte, c'est d'enlever ce bourdonnement. Il n'en peut plus d'entendre sa mère. Erik regarde le chat noir sur le mur d'en face : ce que c'est minuscule la solitude, on étouffe. Claude l'observe, alerté par une indicible électrocution. Il a pressenti que le monstre Satie va bientôt se lever.

— *C'est parti, ça y est, c'est parti*, dit Erik d'un sourire impersonnel.

Il s'appuie sur une table et parvient enfin à se mettre debout. Ses joues font des castagnettes et ses lèvres tiquent nerveux vers la gauche, mais ses mains non. Ses mains sont solides. La masse compacte de sa mélancolie se soulève soudain, légère comme un cerf-volant. Erik avise le piano qui l'attend là-bas, sur la minuscule scène qui est sa terre, et pose un accord. C'est terminé, *possible oui* : le bourdon, la solitude, la mère qui siffle, c'est terminé.

Voici une note.
Suspendue, marchant vers une autre, tremblante, à peine effleurée. Une troisième surgit de nulle part et va vers nulle part, Erik la rattrape à temps de la main gauche, touche le rythme à peine puis le reprend, trop tôt, ce n'est pas le

moment encore, une autre note d'abord. Toute petite. Voilà... comme ça... et une qui viendrait du bout de l'horizon, *du bout de l'horizon*, elle s'accroche à l'écho de la toute première... c'est sa sœur, c'est Olga qui regarde par la fenêtre de la cuisine s'en aller le cercueil de maman. La fenêtre est un peu sale. On entend mal les voix au-dehors. On entend mal le silence. Erik enchaîne quatre notes puis rien. Quatre notes puis rien. Une montée. Un petit talus comme un coussin pour les pieds d'Olga, pour qu'elle puisse mieux voir par la fenêtre, *il fait chaud*. Erik ne se rend pas compte que tout le monde l'écoute à l'Auberge. Lui, il cherche la couleur du ciel. L'allure du ciel ce jour-là dans sa tête, *cela ne fait pas mal non c'est comme des petits pieds dans des chaussons qui dansent, une légèreté folle, la légèreté du regard de maman penchée hier au balcon pour nous regarder jouer avec Conrad, on jouait sans rien savoir avec du sable plein les mains, tiens le voilà le sable,* une dune de huit notes qui accélèrent comme jetées dans le vent... se suspendent... oui... le temps de souffler et partir dans le vent loin, minusculement. Trois notes sur du sable s'envolent des mains de Conrad et de celles de Satie. Puis c'est maman qu'on jette aujourd'hui dans la terre pleine. Erik s'arrête, réfléchit, respire, et repart sur une autre idée. Il veut de la pluie. Qui monte aiguë. L'estomper d'un léger decrescendo. Il ne veut pas se rappeler les larmes de Conrad, ni celles de papa, ni l'odeur de pomme, ni la crasse sur les coins des fenêtres de la cuisine, non, il s'arrête. Quitte son siège, pas content de lui mais alors pas content : il a horreur des balances, c'est bien connu ! Il déteste répéter avant ce qui se passera ce soir dans la fumée, l'alcool et les promesses mal tenues.

— *J'ai enfin sommeil.*

Abasourdi, Claude regarde filer la silhouette improbable de Satie : son pantalon trop court, sa dégaine de carton-pâte avec un zeste de hauteur. Deux coins de rue plus tard, Erik tente d'attraper la fin du soleil. Les fins de journée filent vite. Il faut compter dix vraies secondes pour un coucher de soleil, pas plus. Il suffit d'attendre. Mais ce n'est pas son caractère. Le ciel ne veut rien dire : il n'y a personne là-haut qui veille ou surveille. Il n'y a même pas de solitude là-haut, il fait trop chaud, c'est plat comme une banalité. Erik avance avec sa honte, hume l'odeur de sa chemise, elle sent la cendre éteinte, et son cœur l'est aussi, à l'étroit *today, à l'étroit.*

Je suis né trop jeune dans un monde trop vieux.

Je suis né chauve et mal à l'aise, un samedi l'hiver. Un jour d'incertitude et de joie, il n'y avait pas beaucoup de bruit. Je suis né timide et timidement. La lumière était bleu pâle. Sidérante.

Je n'ai pas crié. Je suis né vraiment tout seul, *possible oui*, tout seul, avec le sourire : *welcome*. Les jours sans pluie ne me font pas rire, je n'y vois rien. Faut-il autant s'approcher des choses ? Cela ne vous fait pas peur vous ? Je suis myope. Devant moi, tout est hors d'atteinte, baigné de flou, très lointain. Je distingue une suite de taches indéfinies et imparfaites, une espèce de peinture ratée et sans contours, impossible à contourner, d'ici on ne peut pas mesurer la distance, il faut s'approcher. Parfois, je n'ai pas vraiment envie de m'approcher. Les gens n'ont qu'à être plus précis, non ?

TENIR BON SUR UN
BOUT D'HORIZON

10

Paris change et Paris demeure. L'homme moderne voyage dans les airs, utilise l'électricité, roule en automobile, s'amuse au cinéma, écoute le gramophone et découvre l'inconscient. Les bruits de la ville ont changé. De nouveaux sons apparaissent, plus mobiles, plus industriels. L'espace s'est décomposé en petits cubes cubistes. On fabrique des sons nouveaux, parce qu'on fabrique des objets nouveaux : avions, moteurs électriques, pneus. Le temps cesse d'être unique. Cantor prouve l'existence d'une infinité d'infinis, lesquels posséderaient une infinité de tailles, tandis que la lumière n'a plus rien de mécanique mais s'avère crépusculaire et ondulatoire. Le peuple a confiance dans le progrès.

Les rues aussi changent d'allure le jour où Eugène Hénard décide de les soulever afin de séparer le trafic des véhicules de celui des piétons. Les trottoirs naissent. Ainsi que les ronds-points, forçant tous les véhicules à circuler dans le même sens. Et tous les véhicules obéissent. Paris se transforme et petit à petit se range. S'organise. Accélère.

La mode est à l'unisexe tandis qu'on se passionne pour l'étude des maladies mentales, spécialement à la Salpêtrière. Le langage, la ville, les gens sont devenus « Modern Style ». Les façades adoptent le style nouille. Toutes les lignes futures seront donc déformées, le mouvement est partout. Les omnibus de la CGO assurent l'essentiel des transports, garantissant une vitesse record de huit kilomètres-heure. Mais si on est pressé, le seul moyen rapide reste le bateau-mouche qui atteint les quinze kilomètres-heure. Néanmoins, attention aux heures de pointe ! Si on préfère garder son indépendance, il est recommandé de posséder une bicyclette. Cependant, évitez les Halles et son brouhaha de charrettes fin de siècle.

Donc tout s'accélère et tout change, mais il reste un détail que le progrès n'améliore pas : nous allons tous mourir. Voilà qui reste d'actualité, *mais cela est une autre histoire…*

11

Satie doit choisir entre sa musique ou sa mélancolie. Alors cet hiver 1887, il trouve refuge dans les après-midi vides du sous-sol de l'Auberge du Clou : on lui prête un piano. Pour la bonne raison que dans le Placard où il vit, impossible de tenir à deux. Chaque fois que sonnent quinze heures, Erik s'installe dans la cave et avance une partition. Aujourd'hui c'est une Sarabande, la seconde. *Ralentir, diminuer, ralentir, diminuer, ralentir.* Il en est là quand il s'aperçoit qu'il n'est pas seul sur terre. Depuis une dizaine de minutes, un homme se tient debout là-bas sans conséquence, la tête baissée dans la concentration, attentif jusqu'à disparaître, étonné, étonné, étonné, *c'est curieux ce que vous jouez là.* Erik sursaute, se retourne, l'homme garde les mains dans ses poches et s'adosse aux briques, droit sous la voûte, condescendant, un peu ironique.

— *Vous êtes écossais n'est-ce pas ?*

Erik le toise. Oui il est écossais mais sa musique ne l'est pas :

— *Il s'agit d'une esquisse. Pour une sarabande. Je suis compositeur. À qui ai-je l'honneur monsieur ?*
— *Claude Debussy.*

Quatre ans d'écart. Le petit Erik est au sous-sol de la vie parisienne, tandis que le grand Claude est en pleine ascension. D'un côté la dégaine d'un fil de fer pas très fier de lui, de l'autre un ballon d'orgueil. L'un assis sur ses errances, l'autre debout dans le confort. L'un dans la misère, l'autre dégoulinant de gloire : le cadet fera le pitre et l'aîné applaudira.

Personne n'est assez humble pour ne rien attendre du ciel. Quand vous donnez votre vie à la misère pour essayer de créer quelque chose, vous attendez un retour. C'est « donnant-donnant ». Sinon, votre regard devient gris saturé, aigri. Gris *satie*. Insatisfait.

À l'inverse Claude, avec ses mains grasses, son visage sournois bien que rondelet, sa veste noire trop serrée, son cou tenant hautain une absence ciselée d'exubérance, sa charpente de taureau massif, prétentieux comme tout le monde à l'époque. Claude était un être doux réversible, tendance agressif. Cela se percevait dans l'humilité feinte de son sourire. Quand il vous parlait, il ne vous donnait pas de l'intérêt, il calculait : rival ? Pas rival ? Il avait cette densité parisienne, ce chic du spectateur mondain amusé, qui vous force à rapetisser en sa présence. Vous deveniez aussitôt courtisan. Cela, sans rien savoir de lui. C'était animal. Il était le roi et vous : l'accoudoir. Erik était fasciné et humilié. À côté de Claude, il se sentait comme un pantin maigrelet qui a tout à prouver. Quelle injustice. Avec le mal qu'il se donnait pour se faire remarquer, Claude, lui, n'avait absolument rien à faire. Question de certitude, de confiance en soi. Le charisme, dit-on, est un certain rapport au soleil…

Quand ces deux-là se sont rencontrés, rien ne présageait qu'ils s'entendent. Ils étaient trop similaires, trop arrogants, hypersensibles. Pourtant, leurs liens furent profonds, ambigus, graves, en un mot : existentiels. Il y avait de l'admiration, *possible oui, possible*, un grand respect, un étonnement, un malaise, de l'humour et surtout, une tendresse. Une grande tendresse, comme deux frères pleins d'orgueil mais incapables de se fâcher très longtemps, sinon pour le plaisir de se revoir. Ce qu'ils attendaient de la musique les rapprochait. Ils étaient de la même facture et tous deux voulaient marquer l'histoire. Ce que l'on dira de l'un pourra s'entendre de l'autre :
M Debussy ne pèche assurément point par la platitude et la banalité ; il a, tout au contraire, une tendance très prononcée à la recherche de l'étrange ; on reconnaît

en lui un sentiment de couleur et de poésie dont l'exagération lui fait facilement oublier l'importance de la précision du dessin et de la netteté de la forme. Il serait à désirer qu'il se tînt en garde contre cet impressionnisme vague qui est un des plus dangereux ennemis de la vérité, dans les œuvres.

Pour autant, la jalousie allait traîner entre eux et mousser tranquillement dans la bière. Les cartes étaient distribuées dès la première minute, et restèrent les mêmes pendant les trente années de leur amitié. Erik attendait trop de Claude.

Il fut obsédé par cet homme. Il voulut l'épater, l'enchanter, le faire rire, être admiré. C'est à lui qu'il adressait son *show, Jack is out the box!* Divertir Claude était le but de sa vie. Chaque fois qu'Erik s'épuisait à fanfaronner, Debussy semblait satisfait : il écoutait, souriait, applaudissait, puis disparaissait dans sa vie. Parce que lui, il avait une vie. Après quoi : silence. Le vide. L'attente. Seul à seul, assailli. Inutile Satie.

Mais plus Erik s'enfonça dans cette vanité de plaire à Claude, plus il perdit du temps. Car il ne travaillait pas. Et comme par un effet d'équilibre, quand ils traînaient ensemble, son piano lui faisait la tête. Parfois, les instruments de musique, c'est comme l'estime de soi.

De l'extérieur, il était impossible de déceler sa désolation. Erik n'autorisait que son frère à entrebâiller la porte de son intimité. Devant Conrad, il osait, oui, il osait dire qui il était, se montrer lamentable, confier sa pauvre existence plaintive à des oreilles qui ne le jugeaient pas. Il y avait Claude et il y avait Conrad, l'un était le frère de cœur, l'autre le frère de sang. À qui il se mit à écrire souvent, comme s'il s'écrivait à lui-même.

12

Ce matin, le temps est doux de six degrés. Deux ou trois coups de tonnerre seulement ont marqué l'aube. Le siècle vient de tourner à cent quatre-vingts degrés sur lui-même, volte-face, le vrai tournant du siècle, changez vos pendules on reprend tout depuis le début, compteurs à zéro, la roue tourne mes amis, ça y est *nous sommes en 1900! Tous, tant que nous sommes!* Mille neuf cents ans d'incertitudes, surtout quand on voit où en sont les hommes, cramponnés à leur standing, les yeux rivés sur l'automobile et les oreilles contre-bouchées au Wagner. Le Bureau des Longitudes vient de se prononcer : le XIXe siècle finira, c'est officiel, le trente et un décembre 1900. On pensait que tout allait commencer maintenant, juste ici, puisque hier en entier s'est fini d'un coup, lundi premier janvier 1900 hourras, changeons d'avis, de costumes et d'amour. Erik en était sûr : la dèche c'était derrière. À lui la gloire, la post-jeunesse et le post-moderne !

Au lieu de quoi, la détresse s'empare du calendrier... *Je suis bien seul ici. Si je n'avais pas Debussy pour causer des choses un peu au-dessus de ce dont causent les hommes vulgaires, je ne vois pas comment je ferais pour exprimer ma pauvre pensée – si je l'exprime encore. Les artistes de notre temps deviennent des hommes d'affaires et ont les mêmes raisonnements qu'un notaire. Ce n'est pas plus drôle que ça. Il me semble que les jeunes gens ne sont plus les mêmes, ou, du moins, ne glorifient plus le bien et le beau. Assez sur ce sujet; il me fout en rage...* Vivre, c'est tellement... Vivre, c'est tellement...

Erik saisit un morceau de craie et dessine une ligne sur la table : vivre c'est tellement... inutile !

— *Voilà ce que je vais faire, quelque chose qui soit exactement ce que je ressens, quelque chose de vrai. D'épouvantablement vrai et « useless ».*

Il se met à hurler à travers le cabaret.

— *Qui veut être inutile avec moi ?... Toi ?... Toi ?*

Il désigne le premier regard attrapé, et soudain le voilà fou de joie : les rires, les glaçons dans les verres, les chaises poussées, les pianos détraqués, l'alcool à flots, les chapeaux débraillés, les montres sans aiguilles, le vacarme, le parquet, les lustres, les tabourets, tout prend une allure de fête... inutile fête, précisément : ce sera désormais sa tonalité, l'éternité tous les jours. Pauvre barricade de paille contre les monstres du découragement.

La nuit est le royaume de l'inquiétude. Elle est là, bien solide comme un verre de whisky au fond du ventre. Les souvenirs c'est sans arrêt. Impossible de dormir avec ce raffut ragtime. Il n'y a plus que toi et moi on dirait, dit Erik à son lit. Une couverture, un drap, remontés jusqu'à la naissance du menton, le cou planqué dans l'oreiller : c'est ce qu'on appelle un ami, un vrai frère. *Je me dégoûte de plus en plus, car je vois bien que je ne suis né à mon époque – époque à laquelle je ne peux pas arriver à me faire même en y mettant du mien, autant que cela m'est possible.*

Cette époque pourtant, c'est *la Belle Époque*. Avec le passage du siècle, Erik s'attendait à jouer «la belle», à obtenir sa revanche ou à partir à l'aventure, comme on dit «se faire la belle»... Le monde entier prédisait qu'elle serait jolie, grande, et folle. On commençait à tout inventer, y compris le mouvement immobile. L'enthousiasme était de mise et la fête une certitude. Peu importe les dégâts, il fallait avancer, avancer toujours, aller de l'avant. Prendre tous les risques et toutes les vitesses.

Le vendredi six juillet, le trottoir roulant de l'Exposition universelle fait des victimes parmi les riverains des avenues de la Motte-Picquet. De huit heures du matin à dix heures du soir, les riverains assistent au spectacle antinaturel d'une foule qui circule sans déambuler : c'est inimaginable, effarant. Sans compter le bruit, la poussière, l'huile qui tombe sur les passants. Le trottoir est à la hauteur du premier étage des maisons, et devant leurs fenêtres la foule passe sans marcher. Elle avance sans marcher. Elle se laisse avancer. C'est euphorisant, joyeux, indescriptible. Mais Satie, lui, fait du surplace. Au lieu de joie et d'avenir, il s'accroche à hier, il repense à l'École. La rue du Faubourg-Poissonnière. Aux juges du passé. Ils l'avaient prédit : *élève indolent, ne travaille pas, passable, médiocre*. Maudits juges du passé... Les adultes ignorent combien on est friable et appliqué à treize ans. Ils pensent qu'un peu de sévérité vaut éducation, *cela ne fait pas de mal*, disent-ils. Sauf dans certains cas. Dans le cas Satie par exemple. Sa vie depuis est une perpétuelle fuite, goutte à goutte, par la brèche ouverte des premières vexations. À certains âges de la jeunesse, la colère, la provocation et l'insolence cachent seulement une confiance totale en la vie. On y croit complètement. Alors renvoyer du Conservatoire *le petit Erik Satie* en le jugeant médiocre, c'était faire de lui un être minuscule et raté. D'ailleurs, il court toujours prouver à ceux qui le savent et à ceux qui l'ignorent qu'il vaut quelque chose...

Ils ont fait de lui un être défait. Un être de ruine. Les vexations furent si injustes dans son cœur d'enfant qu'elles continuent de le menacer le long des âges. Ils ont fait de lui un être défait, un être de ruine. Qui s'épuisera à prouver que les autres se trompent. Et le changement de siècle emporte ses rêves. Il a trente-quatre ans, il se croit fort et immortel mais il va bientôt renoncer. C'est un lent mouvement qui commence par ce jour de mélancolie, où, par besoin d'exister, il donna la clef de son royaume à Claude.

J'écrivais à ce moment-là Le Fils des Étoiles – *sur un texte de Joseph Péladan – et j'expliquais à Debussy le besoin pour nous Français de se dégager de l'aventure Wagner, laquelle ne répondait pas à mes aspirations naturelles. Et lui faisais-je remarquer que je n'étais nullement anti-wagnérien, mais que nous devions avoir une musique à nous – sans choucroute, si possible. Pourquoi ne pas se servir des moyens représentatifs que nous exposaient Claude Monet, Cézanne, Toulouse-Lautrec, etc.? Pourquoi ne pas transposer musicalement ces moyens. Rien de plus simple. Ne sont-ce pas des expressions? Là était la source d'un départ profitable à des expériences fécondes en réalisations quasi sûres – fructueuses même... Qui pouvait lui montrer des exemples? lui révéler des trouvailles? lui indiquer un terrain à fouiller? Lui fournir des opérations éprouvées?... Qui?... Je ne veux pas répondre: cela ne m'intéresse plus.*

Ainsi, pour retenir son ami une heure de plus dans la nuit, Erik Satie dit tout de lui : il fallait enterrer Wagner sous une musique d'ameublement. Peindre des partitions instantanées comme Monet ses cathédrales. Utiliser les bruits et la vie, et la rage, et toute la réalité autour, parce que la musique était partout, autour. Il parla aussi de son projet d'adapter un livret de Maeterlinck. Il en parla humblement, cachant que c'était un projet fabuleux et secret auquel il tenait plus qu'à tout autre. Il comptait en faire son grand œuvre. Il parla, parla, sans réaliser qu'il était face à un homme connu qui avait ses entrées dans le monde, un être à qui on n'avait encore jamais dit qu'il existe des choses impossibles. Car à la différence d'Erik, personne n'avait jamais dit de Claude Debussy qu'il était *passable*. Personne n'avait vexé sa fantaisie d'enfant, ni blessé son aptitude à vivre une belle vie.

Deux mois après cette conversation, Claude obtenait les droits du livret de Maeterlinck pour *Pelléas et Mélisande* et il se mettait à l'ouvrage.

Erik n'en savait rien. Certes, il avait perçu ce frisson obscur dans le regard de Claude ce soir-là. Il s'était senti compris, et aussitôt dépossédé, mais trop tard *mon bon vieux*, il ne fallait pas en dire autant, tout donner pourquoi ? Tout donner, pourquoi ? Est-ce qu'un peu d'admiration vaut assez pour *tout* donner ? Juste pour le

plaisir d'être le centre éphémère du monde?...
Quand est-ce qu'on meurt? Toute cette vie pas vécue qu'on traîne, à quoi sert-elle? Où est la vraie demeure, l'endroit sec où enlever ses chaussures et plonger sans vocabulaire dans un peu de vérité? Où est l'*après*? Où est le souffle qui soulage, la tête qui s'arrête de tourner rond des idées d'envergure, qui devient sage comme un chien sans rien regretter, sans rien fixer?

PIÈCES FROIDES

(Cold Pieces)

13

Satie vivait enfermé dans son Placard, comme un balai accroché à sa serpillière, repassant le même sol jusqu'à l'infini, prisonnier d'un minuscule rêve de bonheur qui ne pouvait pas tenir dans ses dix mètres carrés. Mais l'horizon qui défilait dans son crâne lui suffisait. Il faisait vivre les paysages et les atmosphères *inside*. Elles le raillaient et déraillaient. Infiniment. Si bien que tout était en marche pour tomber de l'autre côté de la vie. Satie était à deux pas de la folie… à une petite enjambée, et il tanguait sévère. Sa voix, des voix, montaient en lui, le menaçaient et repartaient comme un mauvais pressentiment. C'était indécelable. *À quel âge est-ce trop tard pour devenir quelqu'un ?* La plupart du temps ses pensées somnolaient comme un terrain vague sous un soleil immense, en dessous duquel l'orage attend. *À partir de quelle limite est-on supposé être entré dans la vie suffisamment pour commencer à l'approfondir, la construire, s'augmenter ?* Le fâcheux orage. Prompt à s'approcher, mais il se planque. Satie aussi se planque.

La réalité, il la confie seulement à son frère, lettre après lettre. *La crevaison de faim, et mon gousset desséché, ne me font aucun plaisir. J'aime mieux le dire tout de suite. Fatigué et anémié, je vois la misère, cette vieille garce, augmenter à vue d'œil. Mon esprit se brouille de plus en plus; j'avoisine une décrépitude pour jeune homme; avec ça, je m'emmerde assez bien. C'est plus qu'il ne m'en faut...*

Il se sent complètement seul. Il a repris son ton ironique, celui de la terreur mêlée de mépris. Sa tonalité de pirouette distanciée, son sourire froid, le ton des mauvais jours grimés de misère noire. L'orage gronde en sourdine, l'assaille. Satie essaye de lui résister, ou de se faire la belle, mais c'est douloureux. D'autant qu'aujourd'hui, c'est son anniversaire.

Il a passé la journée dans l'alcool et la solitude, placard fermé, bouche fermée, hélas il y a la voix, il y a la voix... Je ne veux pas qu'on me parle j'ai peur qu'on me parle. Hier j'ai vu de la neige partout dans l'ascenseur, pas besoin de skier. Je ne renouvellerai pas l'expérience. J'ai une de ces migraines. Une chose de sincère: bon anniversaire! Voilà qui est dit, même de soi à seul. Je pourrais m'envoyer une carte postale... Toc toc! C'est le facteur. Qui est là?... Oui?... J'ouvre. Oh, une carte postale!

« Cher monsieur Satie, nous vous souhaitons, moi-même et vous, un bon anniversaire. Signé : moi-même. Post-scriptum : Erik Satie demeure ici. Dans cette belle demeure pas plus grande qu'un sac. »

Tout est bien organisé. C'est si petit qu'au moins ici, je ne prends pas le risque de me perdre. Je suis bouleversé par cet anniversaire, mon Dieu, quelle charité ! Quelle fête ! Tant de cadeaux et d'égards, de pensées, comme c'est gentil, je m'enverrais bien un pneu. Vvvrrooouuuuuummmmmm. Toc toc, qui est-ce ? Oh, un pneu ! J'ouvre :

« Mon bon vieux Monsieur le pauvre, grand seigneur de la Rose croix, j'ai l'entière et vénérable joie de vous souhaiter, avec tous les honneurs que vous méritez et j'entends compter aussi tous ceux que vous ne méritez pas, bref, j'ai l'immense joie de vous présenter humblement tous mes vœux afin que vous passâtes un agréable et fantastique anniversaire tout seul. »

Ah, merci merci, quelle charité ! Quelle fête ! Tiens, je m'enverrais bien un petit, un petit calvados, de l'alcool normand, très bien. Stylo ! Allez, dépêchez, stylo j'attends ! Bon… J'aimerais un papier d'exactement dix millimètres sur douze millimètres et demi. Très bien, parfait, je note :

« Un verre de calvados : à boire de préférence cul sec, et le cul chez soi. »

Et voilà, un verre de calvados, merci, merci, c'est trop de pensées quelle fête !!!! *Happy birthday sweetie... Oh Mum, you came?...*

Happy birthday sweetie... Oh, j'en ai de la chance, j'en ai de la chance. J'ai envie de tirer la langue et de faire le zouave. Vavavavacalva... Jazzzzzzzzzzz! Bambambambambam Claclaclaclaclaclaclaclac! Oh, du ciel! Qui coule! C'est *cool*! *Let's celebrate!* Mais... Quoi qu'il en soit... Je pense que ça suffit. Je répudie le sale temps, les gens qui s'engueulent, le linge qui sèche et tous ces morceaux d'enfance qui fuient dans ma tête, sous mon chapeau. Je pense que ça suffit. Assez ruminé. Assez de béquille. Stop, ne va pas par là. Il y a trop d'orange dans l'abricot, et moi je ne mange que des aliments blancs.

Il boit.

Et tandis qu'il s'enfonce dans le tourbillon vertigineux de l'alcool, à pleine vitesse et à pleine nuit, un ingénieur conscient du danger de l'automobile crée les premiers freins sur les roues commandés par un levier à main relié à un tambour. Des freins inutiles, Erik Satie boit. Il a trente-six ans quand Claude Debussy donne la première de *Pelléas et Mélisande,* à l'Opéra-Comique, le trente avril. Dans la salle, le public rassemble toute l'Avant-Garde intellectuelle composée de jeunes vieillards glabres, de vieux jeunes gens à longs cheveux, de cravatés trois tours et de femmes botticellesques. Immédiatement, c'est la consécration.

Dans le journal *Le Temps*, Pierre Lalo écrit : « *L'Opéra a représenté une œuvre d'une nouveauté et d'une beauté singulières. Elle a été accueillie comme elle devait l'être naturellement : par la surprise, le scandale, la raillerie et l'hostilité.* » Henry Bauër, spécialiste au *Figaro*, parle d'une « *partition d'un art raffiné, d'âme délicate et tendre, de sensibilité exquise* », Jean Marnold au *Mercure de France* écrit : « *le drame, enveloppé par la musique comme d'une atmosphère émanée de lui, n'en reçoit aucune atteinte* ». Ceux qui n'aiment pas reprochent à l'œuvre de n'avoir ni mélodie, ni rythme, ni développement thématique, bref de manquer de forme. Pour certains même, c'est insupportable, « *cette suite désordonnée de petits murmures* ».

Cette suite désordonnée de petits murmures…
C'était le rêve de Satie. Son rêve de musique. Rayé désormais de son maigre calendrier. Cette suite désordonnée de petits murmures… C'est dans sa tête qu'elle danse depuis toujours. Aujourd'hui, il est *foutu, il faut chercher ailleurs, plus rien à faire de ce côté-là*. Satie se réfugie dans un silence terrifié. Malade. Anxieux. Ou bien est-ce le silence qui se réfugie en lui.

Un silence qui devait durer dix ans.

Impossible de créer.

14

Le « Penseur » de Rodin a l'air bien malheureux, bien désabusé, bien triste, mais si le grand artiste m'avait prié de poser pour son œuvre, celui-ci eût présenté un ensemble de désolation et de détresse qui perpétuerait, à travers les siècles, mes misères de phonométrographe. À partir de ce trente avril, Satie ne se considère plus musicien, *croit-il*, il n'est qu'un observateur des sons. Il s'est résigné. Il veut changer de peau à nouveau, changer de vie. Il troque son placard pour un autre placard. Puisqu'on le met au ban, il se retire en banlieue. Loin de la rumeur de Paris. Loin du succès des autres et de sa propre défaite. Il commence le mouvement le plus lent de sa vie et le plus définitif.

L'exercice de l'art nous convie à vivre dans un renoncement absolu, dit-il, *c'est ainsi que je pris goût pour la misanthropie, que je cultivai l'hypocondrie, et que je fus le plus mélancolique des humains.*

Le plus mélancolique et mystérieux. Personne n'entrera plus dans sa demeure. Comme il choisit ses lieux à l'image de ses climats intérieurs, on peut se demander s'il n'habite pas dans sa tête. Cette fois, il choisit un lieu désolé dans cette banlieue d'Arcueil faite d'immeubles vieux et insalubres. Une banlieue délabrée comme son âme. Un lieu aux ruelles tortueuses qui se torturent sous un sinistre aqueduc. Une banlieue que lui-même trouve *si triste et si pleureuse*. Or il veut être à la périphérie, car il se sent périphérique. Et Satie est avant tout un être cohérent. Voilà ce que les autres n'ont pas compris, ceux qui le croient fou, excentrique. Ceux qui ne voient en lui qu'une dérisoire dérision. En vérité il dérive. Il se sent tomber. Vieillir. Délirer. Il a besoin d'une planque. Un alibi. Un coffre, fort et solide, où entasser les rêves qui ne verront jamais le jour. Là-bas, il n'ouvre pas ses fenêtres. Il n'ouvre pas ses volets. Il soupire : *la vie fut pour moi tellement intenable, je résolus de me retirer dans mes terres et de passer mes jours dans une tour d'ivoire, ou d'un autre métal (métallique).*

Voici le son de l'abandon. Le son du métal froid, de la peur, et de la plus solide solitude. Le métal est comme lui : un corps simple, d'un éclat particulier, bon conducteur de chaleur et d'électricité. Le métal c'est la matière de son âme, mélange de joie forcée et de misère forcée. Aujourd'hui il déménage avec deux amis étonnés de voir que sa charrette contient si peu. L'idée lui vient de prendre son piano et de le poser dans la rue, s'y asseoir et jouer « *street show* » comme cela vient, ragtime, entre les foules, parmi la foule, à nu, au vent, sous la pluie. *Why not ? Possible oui, possible...*

Erik arrête la charrette. Ses amis ne comprennent pas pourquoi : ils sont à deux bornes de Paris, perdus sur des pavés de sable. Ils ont dépassé une usine, dépassé une blanchisserie, cap sur Arcueil et non, Satie veut faire une pause. Il saute dans la charrette, sort son banc à pleines mains : *Music !!!!* Ses deux amis emmanchent le piano bloqué dans la charrette, « *une, deux, trois, on soulève* » et... Bam, la bête s'écrase fracasse juste devant Satie, comme un piano tombé du ciel, c'est parti... Il se jette sur le clavier, « *It's Ca-Ba-Reeeet !* » hurle-t-il en se dodelinant, la main gauche assaillante et brutale, pampampan, et la droite qui fredonne vers la danse gratis et la bonne humeur. L'autre main s'énerve. *Du rythme du rythme !* emportant le paysage triste dans sa chanson comme dans une grosse valise.

Allez ! Toute la désolation a disparu ! Finis le beige sable et les tonnes de murs écaillés ! Finis la terre et les arbres gris empoussiérés de progrès industriel ! Finis les plaques de nuages englués dans le fleuve et tous les reflets mélancoliques des vies sans joie. Finis les regards pleins de suie. Les visages bitumés. Les façades abandonnées jaune sale et les traces de fatigue, les traînées d'ennui qui balayent l'air anorexique. Erik est là. Il joue il dialogue il fait danser les démons les femmes les amertumes, tout est alcool et chanson, comme si la nuit forçait le jour cambrioleuse. Les gens s'arrêtent ébahis, apostrophés, il y a de la musique partout ! Ça pleut, ça pleut, ça chagrine, ça pique ! Et les corps somnolents commencent à bredouiller. Ici les mains sales on s'en fout ! Les idées noires pas lavées et les pantalons en sueur : bienvenue ! *« Ladies and Gentlemen, it's Cabaret ! ! ! ! Juste pour vous ! Le public est notre seul juge. »* ClacClacClac, ça tape rue Cauchy, ça danse, ça frétille, oh mon Dieu la misère ce sera pour demain, les cœurs lourds : s'abstenir ! L'heure verte a recommencé, ClacClacClac la mélodie s'accélère comme le tournis des lampions, les pavés font des castagnettes et les lampadaires sidérés commencent à rire.

Bientôt ce sont les enfants, puis les pauvres, les clochards, les inélégants, les servantes, les maîtresses, les horizontales, les marchands, les clients, les beurrés, les cafetiers, les vendeurs de cartes postales et les nourrisseurs d'oiseaux, tout le monde. Tout le monde arrive. Tout le monde y est. L'humanité noire et blanche, basanée, apocalyptique. Et même le soleil couchant n'a plus aucune envie d'aller dormir. On se pousse on crache on applaudit ClacClacClac, la vie c'est *relâche today, la vie c'est relâche, today la vie, la vie c'est… relâche today… la vie c'est…*

… *La vie c'est…* papillonner. Et nous envoyons paître le bon Dieu et le diable, avec tous ceux qui nous grondent à l'intérieur. C'est chic, c'est alcoolique. Demain n'arrivera pas ! Nous sortons du temps puisque nous sommes ensemble. On a le droit d'être qui on veut, personne ne nous regarde, *nobody*, on peut s'entortiller d'anonymat comme des momies, méconnaissables, tu peux être toi là-dessous maintenant, *« Music ! »* c'est merveilleux,

NOUS VOULONS RESTER DES ÊTRES SANS LENDEMAIN ! ! ! ! hurle Satie,

les bras vers le ciel, tournoyant ragtime, pris d'électricité, fanatique du mouvement, emporté dans un flux infini, comme tiré par d'invisibles ficelles vers d'invisibles songes pas encore morts ! On est tous sous le même ciel aux quatre bords du monde ! On est tous dans le même ballon, tête en bas tête en haut même planète ! Et on danse *in the street*, impossible d'être moins grands, impossible. Tout le monde est dépassé. Le siècle entier entre dans nos poumons et l'histoire du monde dégouline dans la pluie,

NOUS VOULONS RESTER DES ÊTRES SANS LENDEMAIN ! ! ! !

crie la foule avec Erik, les bras tendus vers un plafond d'éternité, la pluie en contrepoint, *ClacClacClacClac* déchaîné Monsieur Erik, sa main droite sifflote, tranquille, seule au monde et sans lendemain. Une heure plus tard, il marque une pause. Et s'enfuit brusquement dans l'obscurité.

15

Erik habite dans la Maison aux Quatre Cheminées. Il écoute la suite désordonnée des petits murmures qui au final diront son renoncement. À Arcueil, ce sont les heures qui ralentissent. Elles peinent à passer. Les jours et les nuits ont la saveur de la folie. Il est seul. Absolument seul. Absolument laid, maniaque, répétitif, minuscule, étrange, *back in the box*. Et pourtant, éloigné de la rumeur, des jobs alimentaires qu'il estimait être « *de rudes saloperies* », il a encore une distance d'avance. Parfois, s'égarer hors du monde est le meilleur moyen d'en ressentir la vraie pulsation. Car plus il est seul, mieux il invente demain. En apparence, demain est un autre soir, un autre soir encore à traverser, *lent et douloureux*, davantage de bière, de paranoïa, d'angoisse, d'incompréhension, de vexation... *Ici demeure Erik Satie :* au bord du délire.

Cette chambre d'Arcueil devient une Pièce Froide qui a un Air à faire fuir et qui Danse de travers. Cold Pieces. Verrouillées. On n'en découvrira le contenu que vingt-trois ans plus tard, à sa mort.

D'une manière très particulière (in a very unusual manner).
Obéir (obey).
Tout entier (all together)
Descendre (come down).
Se fixer (settle down).
Ne pas se tourmenter (don't worry).
Fatigué (tired).
Important.
Énigmatique (enigmatic).
À part (Aside).
Dans le fond (rock bottom).
Avec fascination (with fascination)
Plus loin (farther off).
Pur (pure).

Mon frère, ton pauv frère s'mine, le pauv cher homme, des doigts de pieds au fin fond du bout d'ses cieux et d'la tête. I s'emmerde dru, et il'dit plus fort qu'i peut. C'est i permis d'mmerder un homme comme on emmerde un chien ? Dis mey le. Si c'est permis, c'est une honte plus honteuse qu'toutes les hontes ensemble. Saloperie de monde! Et ça existe end'ssous l'soleil! Je n'ai plus de chaussons à me mettre aux pieds, mon linge de corps pue, à ne pas y croire; j'en suis réduit – fâcheuse réduction – à laver moi-même mes mouchoirs.

Tu vois d'ici la chose. Donc, vive le linge sale ! À bas la propreté !

Paris change et Paris demeure. Frivole, bête, indécis. La Capitale prend de la vitesse : elle enfile les morts et les commémorations, comme les feux d'artifice. Il faut vivre, il faut brûler la vie. S'amuser désinvolte. Le samedi trente et un mai 1903 un concours de chapeaux pour chevaux est organisé : parmi deux cents modèles, sont primés un chapeau de jonc avec système d'aération et un casque en liège. En juillet, il fait trente-trois degrés à l'ombre cette année, alors on nage dans la Seine.

Je me dégoûte de plus en plus, car je vois bien que je ne suis né à mon époque – époque à laquelle je ne peux pas arriver à me faire même en y mettant du mien, autant que cela m'est possible.

Ce mois d'août, un casse-tête est présenté aux autorités : un nommé Bidault, condamné à mort pour l'assassinat d'un jardinier, doit être exécuté dans la capitale, mais on ne sait où le guillotiner. La prison de la Roquette est démolie, jadis c'était ici qu'on dressait la Veuve. On cherche une solution. On évoque la Place Saint-Jacques, mais les riverains protestent : ils ne veulent pas voir ça. On envisage alors de percer une porte dans le mur de la prison de la Santé et d'exécuter le condamné dans la rue, mais les gens ne veulent pas voir ça. Le condamné est encombrant. Finalement, le président Loubet remet la solution à plus tard en graciant Bidault.

Je m'ennuie à mourir de chagrin, tout ce que j'entreprends timidement rate avec une hardiesse inconnue à ce jour. Que faire, sinon se tourner vers Dieu et le montrer du doigt ? Je finis par supposer qu'il est encore plus bête qu'il n'est puissant, le vieil homme.

La mort est encombrante. Il n'y en a pas la place dans ce siècle. La ville grouille et on a besoin de circuler. Alors la ligne d'omnibus « Hôtel de Ville – Porte Maillot » est condamnée à mort, remplacée par le métro. Cela faisait des années qu'on se plaignait de cet omnibus : il était jaune, il était laid et ses deux chevaux semblaient mourir en gravissant les Champs-Élysées, il faisait le trajet en une heure, le cocher était malhonnête… bref, sa fin après quarante-deux ans de service est saluée comme une délivrance. En outre, sachez que certaines attitudes du passé ne sont plus tolérées : on avance, on jette ce qui est démodé, tout ce qui n'est pas confortable. Les gens ne veulent pas être dérangés. Cet automne, l'élégance est aux robes claires réchauffées par des étoles de renard ou d'hermine et des manchons de même fourrure ; les chapeaux sont garnis de fleurs aux tons passés ou de plumes ; les manteaux forment cape.

Je finis par croire que le bon dieu est un de ces salauds comme il n'y en a pas beaucoup. Sa prétendue miséricorde, je vois bien qu'il se la fout quelque part et qu'il ne la sort que dans les occasions les plus rares. Veux-tu que je te dise ? Ça ne lui portera pas bonheur, et rien ne m'étonnerait s'il arrivait à en perdre sa place.

En septembre, Émile Zola meurt vers neuf heures et demie, à soixante-deux ans, après un week-end à la campagne. On le retrouve inanimé dans son lit au 21 bis rue de Bruxelles. Les proches marmonnent qu'il s'agit d'un suicide, mais il ne faut pas déranger l'opinion : dans cette époque de bonheur accéléré, personne ne serait assez rabat-joie pour se donner la mort. Le désespoir doit rester aux portes de Paris, la vie n'est qu'une grande fête. Une fête obligatoire et officielle. Pendant ce temps-là Charles Heudebert a l'idée de débiter en tranches et de griller son pain de mie rassis : il invente les biscottes, et Satie crève la faim.

Mais il ne baisse pas les bras. Pour remplir ses repas trop espacés, il s'écrit lui-même *Trois morceaux en forme de poire*. Ce n'est pas suffisant, mais c'est déjà ça. Cela permet de tenir jusqu'en octobre, et de ne pas devenir fou de faim. La folie est dans l'air du temps. On commence même à s'inquiéter à cause d'un concours qui tourne au drame. Le vingt-quatre octobre, *Le Journal* offre cinquante mille francs à qui donnera la réponse exacte à cette énigme : combien y a-t-il de grains de blé dans une bouteille d'un litre remplie sur vingt-trois centimètres de haut ? Plusieurs personnes se lancent dans le décompte. Au final deux d'entre elles sont internées, devenues totalement folles, stupéfaites, à force de compter les grains. Mais qu'on se rassure, Noël approche. Cette année, il sera magnifique pour tout le monde, c'est officiel ! Mais cette année, la veille de Noël, à Saint-Germain-en-Laye, alors qu'on se préparait à un repas en famille, Monsieur Satie Père rend son âme et son cœur. Il décède à vingt-deux heures du soir. C'est officiel, Erik est orphelin. Pour consolation, il reçoit de la SACEM la somme de soixante-treize centimes de droits d'exécution.

16

Je ne m'aime pas, pense Erik. Voilà tout. Puis il se ressert une lichette de bordeaux blanc et entame ses côtelettes.

— *Quels œufs ! Quelles côtelettes !*

Au cinquième étage de la Rue Cardinet, dans la cuisine de Claude, la ville semble avoir disparu. Ses odeurs, ses gesticulations sonores, ses constructions souterraines... *vanished*. La mondanité urbaine se tient timide en contrebas.

— On est bien, non, loin des *« Momifiés »* et *autres « Vieilles Noix », ces fléaux de l'humanité et du pauvre monde.*

Debussy contemple l'air malheureux de son ami. Erik a de nouveau changé de déguisement. Il a troqué son « look Chat Noir » pour un costume bureaucratique, qui lui donne l'allure unique. Chapeau melon. Binocle. Pardessus noir. Veston sombre. Pantalon étriqué. Guêtres immaculées. Et pour finir : un parapluie qu'il protège dès qu'il pleut, de peur de le mouiller. Le tout est volontairement mal adapté à sa taille. C'est fait exprès. Erik a l'air d'un directeur des pompes funèbres. Il tient à rester une provocation ambulante envers tous les conformismes et les bourgeois. Il a choisi une apparence de politesse révérencieuse, mais réversible en un constant et endeuillé : *je vous emmerde !* Alors oui, le personnage a bien changé d'allure. Mais pour ceux qui le connaissent, voilà seulement le signe que quelque chose s'est cassé sous le poids de la colère et du froid. Cette fois, quelque chose déraille. À vouloir trop rester identique, il ne se confond plus avec lui-même. Il ne se correspond plus. La tristesse, souvent, fait de vous un être faux, une caricature. Debussy ne dit rien mais l'observe, *la tête sèche et brève* d'Erik : promis, ce soir, on ne parlera pas de la mort de son père.

Dans son silence sans rire, dans sa manière d'avaler trop vite ou trop grand pour ne pas montrer sa faim cruelle, sa manière de se noyer dans des politesses factices… Claude perçoit la détresse de Satie. Il est ému par ce besoin tragique de manier l'humour et le grave, comme un nageur pris dans un tourbillon s'agite en vain, épuisé. Promis, ce soir, on ne parlera pas du père.

— Vous voulez que je vous dise Mon Bon Claude, dit Erik en s'essuyant poliment le menton, j'ai une grande nouvelle aujourd'hui. Je vous annonce que *M Erik Satie est bien toujours le même ; un peu con, si j'ose dire.*

Il sourit, reprend sa fourchette et la brandit vers le plafond.

— Nous aurons eu tous les deux *une admirable vie de lutte, hutte hutte !*

Soudain il baisse la voix. Il a besoin de parler trop, impossible de freiner les mots. L'orage *inside* le force à remplir la pièce avec des phrases rapides et inachevées, des mots inutiles ou artificiels. Il ne veut pas tomber dans la tombe de son père, non, ne pas du tout s'approcher de ce lieu. Alors il change de sujet, *croit-il*. Il parle d'une partition *d'orchestre comme un tableau*. Il emploie des mots d'ailleurs, des mots venus des paysages ou de la stupeur. Il reproche à Debussy de se rattraper à ce qu'il sait de la musique.

— *Je n'aime pas les spécialistes. Pour moi se spécialiser c'est rétrécir d'autant son univers et on ressemble à ces vieux chevaux, pourtant je connais toute la musique et n'en ai retenu que le spécial orgueil d'être assuré contre toute espèce de surprise. Dans la musique des musiciens, avouez, vous vous sentez trop chétifs et vous ne pouvez y incorporer votre âme.*

Claude sourit, se lève, ouvre la fenêtre pour faire sortir les siècles de fumée qui tournent dans la pièce. Erik marque un long silence, qu'il entoure d'une petite pensée muette, juste pour lui. Puis il adosse son regard aux toits de Paris qu'on voit s'étendre sous le ciel comme les sièges vides inclinés d'une salle de concert. Au loin, ce satané soleil débute sa présence, *ici le soleil est froid comme le diable. Il doit aussi manquer de charbon, le soleil. Cela ne m'étonne pas de lui. Quel fourneau!* Mais c'est tout de même quelque chose cette lumière silencieuse par où vient se blottir le tout petit matin, non?

— *Quand vous assistez à cette féerie quotidienne qu'est la mort ou la naissance du soleil, avez-vous jamais eu la pensée d'applaudir?*

Erik soupire. Claude ne dit rien. Le calvados se laisse couler tranquillement, pensivement même. Satie laisse tomber son visage dans le fond de son verre. Quelle envie de pleurer soudain... Il préfère dire: *Oh quelles côtelettes!* en tendant son assiette pour la débarrasser. Claude s'en va vers l'évier, revient s'asseoir: promis, il ne parlera pas de la mort de son père. Erik l'en remercie d'un regard. S'il n'avait pas Claude pour échanger un peu sur l'art, il serait définitivement seul au monde. La vérité? La vérité?

— *J'essaie d'oublier la musique parce qu'elle me gêne pour entendre*, dit Erik. *Les dimanches où le bon dieu est gentil, je n'entends aucune musique.*

Claude sait où il veut en venir : les dimanches, comme les vacances, sont des tombeaux ouverts pour les orphelins et les célibataires. Le dimanche c'est un jour en famille. Un jour pour rien. Un jour qu'on passe ensemble, *bloody sunday*... Avant, le dimanche, Erik passait voir son père et Conrad. Mais maintenant son frère est parti vivre dans le sud de la France, et le père a plié bagage. Ce père le désespère. Erik ajoute :

— *Ce jour a beau être légèrement emmerdant, sauf ton respect ; il n'en est pas moins le jour de la famille et porte en lui-même des souvenirs très tristes pour le solitaire réduit à l'isolement.*

Erik étouffe soudain. Il respire fort et mal. Il aimerait ouvrir la fenêtre, mais elle est déjà ouverte. Et les monstres nocturnes lui saccagent la poitrine sans faire de bruit. Claude ne s'en doute pas. Le seul indice, c'est cette froideur brutale sur la bouche affaissée de Satie. Du bleu caresse la totalité de sa bouche comme un baiser glacial. Il se supplie de ne rien dire. Il s'engueule. Il veut se taire. Il se répète : toute cette indécence, la garder au fond de soi. Cette vie de chien, la garder au fond de soi. Ne confie rien, ne confie rien, il ne faut pas décevoir Claude, les autres oui, mais pas Claude. Alors parler, parler d'une traite, embarquer le bateau ivre, vite...

— *Moi j'essaie de voir à travers les œuvres, les mouvements multiples qui les ont fait naître et ce qu'elles contiennent de vie intérieure ; n'est-ce pas autrement intéressant que le jeu qui consiste à les démonter comme de curieuses montres ? Arrêtez d'ouvrir les pantins et de tuer le mystère. Arrêtez d'ouvrir les pantins ! Ouvrir le ventre des pantins c'est un crime de lèse-mystère. Hélas, les hommes ont besoin de crever des pantins. Il faut bien défendre sa chère petite médiocrité.*

Pourquoi parler de pantins ? Pourquoi faire sortir Jack de sa boîte ce soir ? Tais-toi ! Tais-toi ! Mais la voix est trop grande, elle est plus forte que lui. Elle s'emballe, la voix. Erik se pince les lèvres. Il attend que passe le flot. Le flot accélère son débit, *ne pas penser au père, ne pas penser au père*, c'est tout ce qu'il lui reste, son panache, laisser à Claude un bon souvenir et s'en aller vite. Mais rien n'est calme. Rien ne s'apaise. L'alcool lui ouvre la bouche de force. On dirait une marionnette folle. D'ailleurs, depuis un bon moment, il parle à haute voix et l'ignore. Claude tente de suivre son agitation. Tout est confus.

— ... le grondement de la ville et les milliards de conversations sans suite que l'on capte au passage. Comment ouvrir son ciel, sans danger ?

Hein? Je ne peux même plus demander le sou à Conrad, il s'est froissé, il ne répond plus à mes pneus. Voilà. Ma grande amie est de retour, je peux te le dire, Madame la Frustration : *adieu, bonjou, adieu!* Je suis desséché profond. Heureusement que personne ne vient voir jusque-là. Les dégâts que ça fait... Il faudrait tout détruire et recommencer. Remonter la gamme, sans le pouce. Pourvu qu'il fasse froid. À Honfleur, la maison a disparu.

Erik ne va pas plus loin, sans quoi il ajouterait : papa aussi, a disparu. Et voici que la marée remonte. Nuageuse. Attirée par la lune. La marée remonte sur le clavier d'hier. L'angoisse a un son si froissé que partout sur la terre elle dit son enfance : papa est mort. Sa voix s'enfonce lourdement sous la mer, dernier fret du courtier de ces eaux, et elle parle aux poissons. Papa garde dans sa poche toutes mes questions, adossées au soleil. Papa est mort et le soleil se couche. *Adieu, bonjou, adieu.* Il se laisse noyer dans la nuit, bouffé par l'horizon. Toute sa lumière sombre s'étale et sombre à pic, *adieu papa, bonjou, adieu.* Pas de bis, pas d'attitude, il disparaît. Ceux qui restent ont l'air sidéré. Conrad a l'air sidéré. J'accompagne *daddy* ce soir, *piano piano*, est-ce si grave finalement?

Est-ce que c'est si grave?

Quand on est seul, tous les autres se ressemblent.
Est-ce que c'est si grave ?
Le jour se lève.

Erik parle maintenant avec une *imperturbable froideur*, remarque Claude, *c'est à prendre ou à jeter par les fenêtres. Il y a un long silence, pendant lequel il ne semble plus vivre que par la longue fumée de son cigare dont il regarde monter la spirale bleue, semblant y contempler de curieuses déformations.* Un silence effrayant. Debussy boit ses paroles, trop intéressé, tandis qu'Erik maintenant désigne le ciel.

— *Les musiciens n'écoutent que la musique écrite par des mains adroites, jamais celle qui est inscrite dans la nature. Voir le jour se lever est plus utile que d'entendre la symphonie pastorale. À quoi bon votre art presque incompréhensible ? Il faut chercher à secouer la vieille poussière des traditions. Une idée très belle en formation contient du ridicule pour les imbéciles.* Je suis un ridicule, je resterai un ridicule à leurs yeux. *Avez-vous remarqué l'hostilité du public de salle de concert ? Avez-vous contemplé ces faces grises d'ennui, d'indifférence ou même de stupidité ? Ces gens ont toujours l'air d'être des invités plus ou moins bien élevés, et s'ils ne s'en vont pas c'est qu'il faut qu'on les voie à la sortie : sans cela, pourquoi seraient-ils venus ? Hein ? N'écoutez les conseils de personne sinon du vent qui passe et nous raconte l'histoire du monde. J'ai trente-neuf ans mon Bon Claude, c'est un peu trop tard mais tant pis, j'envisage de me présenter à la Schola Cantorum.*

Claude sursaute. Est-ce une plaisanterie ? Non. Satie ne plaisante pas. Il veut le plus sérieusement du monde reprendre ses études. D'ailleurs, il ajoute un peu de vin dans son verre, essuie son binocle de futur élève, et soupire.

— *Je suis las de me voir reprocher une ignorance que je crois avoir, puisque des personnes compétentes me la signalent dans mes œuvres. Vous savez, j'ai été bien engueulé dans ma pauvre vie, mais jamais je ne fus autant méprisé.*

Debussy hésite entre admiration et suffisance. Il n'a pas le temps de répondre que soudain, Satie se lève et s'en va. Disparaît. Claude écoute longtemps le pas de son bruit *diminuer, étage par étage, diminuer, ralentir, ralentir, diminuer, ralentir, diminuer, ralentir…* Comme ses sarabandes.

APERÇUS
DÉSAGRÉABLES

17

Assez lent. Assez lent. Très lié et mélancolique. Voyez. Léger mais fort. Ralentir. Reprendre. Grossir. Retenez, je vous prie. Plus lent. En dehors. Ralentir. Ralentir. Très lié. Reprendre. Particulièrement. Retenez, je vous prie. Plus lent. Ralentir. Large de vue. Ne tournez pas. Très chanté. Mieux. Encore. Grattez. Large de vue. Ne tournez pas. Positivement. Grattez. Fugue. Non vite. Souriez. Depuis. En dehors. Non vite. Avec plaisir. Naturellement. Droit. Visible. Prenez. Nécessairement. Sans méchanceté. De coin. Chanter. Beaucoup. Ne parlez pas. Précieux. Crescendo. Regardez. Véritable. Retenir. Noblement. À voir. Dire. Crescendo. Seul. En face. Retenir. Noblement.

Puisqu'il fallait se détruire, alors, eh bien allons-y. Plongeons dans l'absinthe et l'illusion. *Let's die* pénards dans un duvet d'amertume, les yeux globuleux comme des grenouilles et au fond de soi le vertige.

Ce matin, Satie sifflote en arrivant au café. Il a soigné sa tenue, signe qu'il se sent de plus en plus inconfortable. Son attitude décontractée lui va mal. Il va mal. Mais chaque matin, quoi qu'il en coûte, il sort. Question de survie. Question de se prouver qu'il n'est pas un fantôme sans contour. Il est encore vivant et visible.

Quelle mascarade de faire semblant... C'est épouvantable, *je me demande bien ce que je fais là à écouter les conversations des autres et à envier leur vie, leur vie qui n'est pas plus grande que la mienne...* Ce matin, c'est un autre Satie qui a surgi au café, posé ses fesses en terrasse, ouvert un *Quotidien* et observé les autres. Hier soir, le nouveau Satie a claqué la porte du Chat Noir : Rodolphe Salis, c'est terminé. Terminé de faire le pitre, de se ridiculiser devant tout ce que la société compte de gens qu'il faut voir et qui ne vous regardent pas. Il n'est pas possible de se prétendre à la fois candidat aux Beaux-Arts et Tapeur de Caf'Conc'. Les deux versions de lui sont devenues incompatibles. Et à vrai dire, Erik en a ras-le-bol de se coller dans un fond de salle insonore et pathétique, sous une lumière sans gravité, derrière une chanteuse du dimanche, pour meubler l'atmosphère ! Il n'est pas un pantin, et Rodolphe est un emmerdeur. Tant pis pour le mi-temps et l'argent, ce n'est pas après l'argent qu'il court Erik, sa présence est une charge sans poids. Mais il est au chômage...

Je suis capable de tellement et pourtant...

Quand il obtient son Diplôme Officiel de Compositeur délivré par la Schola Cantorum, patenté «Mairie de Paris», Erik Satie a quarante-deux ans. Il croyait que ce serait le plus beau jour de sa vie. C'est au contraire le jour le plus vain. Au lieu de le rendre fier, ce bout de papier l'anéantit. Il empire ce qu'on pense de lui : maintenant on le trouve plat, classique, sans fantaisie, à des kilomètres de lui-même. C'est une catastrophe : l'illusion dans laquelle il a cherché refuge vient d'exploser en vol. Il doit admettre qu'il est tombé dans le piège. Obtenir ce diplôme ne le rendra ni plus reconnu, ni plus respectable. La patente ne fait pas de lui un parent naturellement bienvenu dans la famille académique. Il vient de gâcher trois ans de sa vie. Il s'est prouvé que toutes les preuves qu'il tenait à rassembler ne prouveront jamais rien. Au lieu d'acte de naissance, le diplôme l'enterre. C'est très violent. Car maintenant, au lieu d'être le compositeur émérite et diplômé, il n'est que le vieux Satie de quarante-deux ans qui a eu la lubie de retourner à l'école. En un mot : *le petit Erik Satie* est de retour dans sa vie. Bredouille. Avec sa maladie incolore. La revanche irrésolue de l'enfant sur son enfance était un but irréel. Satie se décourage plus profondément que toutes les autres fois. Il est certain maintenant de n'être qu'un tapeur de cabaret sans invention, un réarrangeur d'airs connus.

Avec la fin de cette illusion qui servait de rempart à sa détresse, il ne peut plus se protéger. Le microcosme critique se moque de lui, et maintient *Le Fils des Étoiles* dans sa petite boîte à cookies… Cette fois c'est sérieux ; Satie les croit et leur donne raison. Il se laisse transpercer par la joute que lui livre dans sa gazette le critique Willy. Ce n'est plus un jeu, c'est une mise à mort. Erik est traité d'*andouille mystique*, de *fâcheuse tête de potard obséquieux*, d'*ex-pianiste du rez-de-chaussée du Chat Noir*, de *pou mystique*, de *musicoloufoque*, de *sagouin ésotérique*, de *marchand de robinet*… Satie n'a plus la force de lutter contre sa propre légende. Il s'est identifié à cette identité de façade.

Oh cette chambre, l'hiver.

Satie est blessé. Toute son énergie passe à se rendre insurmontable. Il doute. Il est retombé dans son sale marécage. Encore une fois, il doit enlever la crasse, faire sécher, attendre, se débouillir, revenir à sec, se relever, gonfler ses certitudes, se dégonfler dans l'angoisse… À force de perdre son temps pour revenir à la surface du monde, il s'épuise. Il ne lui reste plus qu'à tomber malade pour survivre. À faire le mort. Terrassé par cet épuisement d'exister. Il est devenu paranoïaque. La nuit l'a rétréci.

Depuis deux bonnes semaines, il n'ose ni parler ni sortir. Ni prendre des airs polis. Il se sent comme un tout petit crabe sans arrière-pensée. Fatigué. Pris au piège, incapable d'avancer ou de reculer, même de travers, *alors oui rester là sur place immobile lent à mourir triste à mourir*, d'accord. Il n'ouvre plus à personne. *Je ne suis pas là je ne suis pas là je suis un tout petit crabe à qui on a enlevé la grammaire et une bonne partie de bon sens, j'entortille des problèmes qui n'existent pas et qui restent pourtant insolubles, des problèmes juste pour moi, je suis occupé busy à me faire une pelote de problèmes et de ressentiments pas le temps pour la vraie vie repassez!* À force de tisser sa colère de crabe, s'engueulant avec sa propre intransigeance, il est coincé, *locked*. Quand on ne désire plus rien, on n'est pas déçu. On ne risque rien. On n'est pas mort si on ne veut pas vivre…

18

20 juillet : Mon bon vieux Claude, Monsieur Erik Satie demande poliment des nouvelles. La fête du quatorze juillet ? Monsieur Erik Satie la trouve banale, proche de la grossièreté. Ne parlons pas du passé.

L'été c'est terrible. Il fait une chaleur de four. Satie se sent mourir. Il n'est plus compatible avec la société, voilà tout : les conversations métro-repas, les remarques répétitives sur l'air irrespirable et trop bruyant, les allées et venues des parents aux terrasses des cafés surveillant leurs enfants avec un tel sans-gêne qu'on se sent soudain assis chez eux ! Erik ne supporte pas. Il est scandalisé par tant d'attitudes standard. Tout sonne comme un affront aux sommes d'heures incalculables passées à trouver un accord inédit. Comme si tous, assis là, se moquaient de lui : nous sommes la masse et tu ne sers à rien. Personne ne te connaît. Ton réel et ta musique n'ont aucune importance. Le réel correspond à ce qu'on mange ce soir, comment organiser les vacances, ou bien se coucher plus tôt.

Les vacances… De toute sa vie foutue, Erik n'a pas pris de vacances. À part quelques sauts de Paris à Honfleur, à l'été de l'enfance. À quoi bon traînasser au soleil et se réjouir du temps qu'il fait. Il ne quitte pas sa misère, qui ne le quitte pas non plus. Finalement, elle est sa plus longue histoire d'amour. Main dans la main, serrés serrés. Elle le rassure. Au fond, elle lui permet de vivre libre. Elle lui pose une question existentielle : qui se raconte vraiment des histoires ? Les quelques artistes en retard sur le tempo, ou ceux qui avancent sereins dans une vie qu'ils acceptent ? Comment accepter les contraintes de la vie générale ? Accepter. Les contraintes. De la vie générale.

Nous pouvons inventer tous les divertissements du monde – l'art, l'automobile, le téléphone –, inventer la pensée et en faire des livres, nous pouvons croire en Dieu, fonder une famille ou simplement regarder un tableau… mais ce qui nous lie tous, c'est l'obéissance. Au fondement de l'humanité se trouvent les contraintes. Parler. Être là. Ici, pas ailleurs. Répondre. Surveiller l'heure. Être en relation. La liste complète de la totalité des contraintes comprises dans dix minutes de vie pour la totalité du monde équivaudrait à trente-deux fois la Bible ! ! ! !

À cette pensée, Erik sourit. Il sait que le peuple s'est trompé, mais pas les publicitaires. Erik se dit qu'un jour, ils remplaceront l'éthique par la cosmétique. Alors, on ne saura plus comment sortir du divertissement. Nous serons tous morts identiques, noyés, nous serons la masse énorme et impossible à compter, autant de grains de riz dans un sac de tombola. Nous serons TOUS mais *tous*, cela crée de la peur, cela ne fait pas de la compagnie. Bientôt, songe Erik, il n'y aura que du Luxe pour tous ! Des Privilèges pour tous ! Des Acquis pour tous et c'est tant mieux. Mais ce sera une illusion. Car rien ne changera : il y aura toujours les admis et puis les autres. Le bonheur des admis fera encore rêver les autres. Il créera le rêve standard. Le rêve académique. Ce sera la victoire du divertissement et du politique. L'endettement des rêveurs sera pour d'autres une rente infinie. Le jour où les gens comprendront que leur joli rêve de taille universelle placé dans leur jolie banque n'est qu'une virtualité, la déception sera si grande qu'ils ne pardonneront pas. Ce sera la crise totale. La crise des âmes. La crise des petits, des inaccédés, des naïfs, des déçus, des colères. Il n'y aura plus de place pour les solitaires. Il n'y aura plus de place pour la solitude. Bienvenue dans le carnaval indigeste. La norme créera ses propres maladies.

Mon bon vieux Claude, reçûtes-vous la lettre que vous écrivit le 20 juillet 1903 Monsieur Erik Satie ?

Monsieur Erik Satie vous demandait si vous eûtes quelque aventure, ture ture, ture tu ture. De vos nouvelles. Monsieur Erik Satie fut tourmenté ces jours-ci d'une méchante et encombrante sciatique qui l'obligeait de marcher tout courbé en deux à la manière incommode des poulets, et le faisait durement souffrir. Monsieur Erik Satie se demande si l'on peut s'habituer à ce mal et y prendre goût.

Avril mai, ce n'était pas supportable. Erik déteste le printemps : le spectacle de cette chair impatiente de se découvrir au premier rayon de soleil… Et ces messieurs sportifs, fiers de leur corps, affairés, qui ne parleraient bientôt que de cela : les vacances.

Mon bon Claude, quand supposez-vous revenir vous-même ? Il doit faire froid dans le pays de Bichain. Le vent y est peut-être plus frais qu'ailleurs : aussi n'y faut-il point rester des mois et des mois, car il s'y pourrait attraper de vilains maux, tous plus méchants en méchanceté qu'il ne convient.

J'ERRE, JE PLANE ET RIEN NE M'ATTEINT...

19

Là-bas à Arcueil, le siècle entier vous regarde, avec ses yeux d'ouvriers dépassés par les hauts fourneaux. Les vastes berges sont l'espace idéal pour étaler le linge, alors on blanchit en contrebas. On blanchit à ras d'une eau puante comme un cloaque. Pour certains, changer de draps, c'est recommencer une vie.

Il fait chaud l'été dans cette chambre. Et l'hiver c'est comme vivre dehors. Chez soi, mais dehors. Selon les météos et les ans, cela devient abominable. Satie ne se plaint pas. Seul Conrad est dans la confidence. Il est un refuge et aussi son portefeuille. Depuis quelque temps, ses lettres sont des appels au secours déguisés. Satie lui demande de l'argent. Du réconfort. Surtout de l'argent. Un peu de certitude. La confirmation qu'il est de son côté. Un peu d'argent. Un avis favorable. Un encouragement. De la considération. De quoi l'aider à payer son terme. Sans Conrad, Satie n'aurait été qu'un vagabond. Un fou traînant parmi les autres fous, un errant bourré de tics et d'alcool, à crever la dèche sans rien accomplir. Il aurait certainement terminé dans une prison dégueulasse, *mais au moins là on n'est pas tout seul, y a de quoi manger. Mon pauvre vieux, pourrais-tu me rendre le service de m'aider pour mon terme ? Il m'a été impossible d'assister au concert où le Prélude fut joué, tellement je suis minablement mis.*

La vérité, c'est qu'il ne lui reste plus grand-chose à manger, à part quelques notes et des pensées ressassées, resucées, des pensées à ruminer mâcher mastiquer toujours les mêmes, des pensées dévorantes, matin, midi et soir, *Trois morceaux en forme de poire.*

Quand il refait surface, ce n'est pas la pauvreté qu'il veut cacher, c'est la pourriture dans laquelle il baigne. La pelote noire de ses angoisses folles. Bien sûr il y a l'alcool. Bien sûr il y a l'aigreur. Bien sûr il reste des brisures de rêve qui flottent à la surface de sa bouche. Mais dans son crâne, c'est la guerre. Ce qui s'y joue est indescriptible. Pire que la Grande, qui bientôt arrive. À laquelle, d'ailleurs, il ne participa pas.

Toutes ses idées maudites, injurieuses et scandalisées s'amoncellent comme des victimes invisibles. Des morts et des morts et des morts par centaines. Sanguinolentes colères. Sourires déchiquetés. Heureusement, rien de cette horreur n'est visible. Grâce à son costume invarié, *possible oui, possible*. Sa silhouette identique fait de lui un éternel Charlot, avec son éternel binocle, son éternel velvet, son éternel parapluie. Il est impossible à confondre : identique, il est identifiable. Il possède désormais douze costumes noirs. Douze fois *idem*. Un pour chaque heure de sa vie. Ainsi croit-il ne pas vieillir, *possible oui, possible*. On le reconnaît au fait qu'il ne change pas d'allure, mais d'avis. Il rentre de Paris vers Arcueil par un chemin identique, une tête identique, une cuite identique. Identique Erik…

Fagoté ainsi, personne ne peut prendre la mesure de sa démesure. Le «style Satie» s'impose. L'*intelligentsia* musicale parisienne le trouve aberrant et bizarre. Pourtant, il s'agit seulement de l'équivalent musical de la manière dont Erik se tient au monde. Il est un continent sans passeport valide. Il est sans barrière, sans limite. Il invente donc un style vertigineux, en supprimant les barres de mesure. C'est cela, le *style Satie*.

Aucun jugement, aucune mesure, aucune norme ne peuvent plus vous barrer la route.

Avec cette partition sans clef où manquent toutes les barres, Satie peut nous faire croire qu'elle continue à l'infini. Qu'elle peut marcher sans s'interrompre. Car à chaque fin de page, on peut, on doit revenir au début. Et recommencer. Les phrases coulent jointes et disjointes. D'un souffle. Comme tournoient le vent et la vie et la crasse et la mort. Comme toute la lumière de l'Univers, d'un seul coup. En gommant la ponctuation, il défie le bon Dieu.

20

Les jours aussi avancent infinis et trop longs. Le ciel s'est ridé. Pour apercevoir un morceau de clarté, Erik doit se pencher à la fenêtre. Là-haut, une béance se taille la route dans la masse noire de la nuit, elle trace vers le haut, elle met le ciel en demeure, le ciel aussi paraît fatigué de traîner sa galère de clarté. C'est pesant d'être seul quand on est si léger si léger, qu'on s'envole.

Je souffre trop. Il me semble que je suis maudit. Cette vie de « mendigot » me répugne. Je cherche et voudrais me trouver une place – un emploi – quelque minime qu'il soit. J'emmerde l'art ; je lui dois trop de « rasoieries ». C'est un métier de con, si j'ose dire, que celui d'artiste. J'écris à tous. Personne ne me répond, même un mot amical. Zut ! Je suis à bout et ne puis attendre. L'Art ? Voici un mois et plus que je n'ai pu écrire une note. Je n'ai plus aucune idée. Alors ?

Satie est *triste et désemparé*. Cela fait trois semaines qu'il n'est pas sorti… *La mer est pleine d'eau, c'est à n'y rien comprendre.* Il observe le jour baisser et les feux crépiter. Allons bon. Pour qui se prend-il le feu, à cuire tout nu dans la cheminée ?! Rester le temps qu'il meure, c'est éreintant.

Demain je prendrai rendez-vous avec toutes les tailles d'égoïstes.

C'est un luxe de pouvoir s'égarer.

J'estime qu'on me tient rarement au courant de mes improbabilités. Bon, assez de reproches pour aujourd'hui, *don't you think ?* Il serait temps de reprendre confiance. Il serait temps. Si tu n'oses rien, alors alors, le vent non plus.

Sachez que je suis radicalement pour la fin des lampadaires. Officiellement je déclare : moi, Erik Satie, je n'ai jamais rien vu de tel qu'un coucher de lampadaire sur la ville à l'aube. J'aime quand les ruelles se préparent à ne pas dormir. *Mais ceci est une autre histoire…* Par contre, je n'aime pas les airs tirés à quatre épingles.

Il faudra que je passe chez Cocteau demain pour me raser dans sa salle de bain. Avec l'orage, tout est tombé en panne, d'ailleurs *où est passé mon parapluie ?* Et où est passée ma salle de bain ?

Je tiens à signaler un incident datant du douze décembre, un peu avant les fêtes de Noël : pour ceux qui l'ignorent, il y a eu une *série noire à la Schola. Plusieurs accidents jettent le trouble dans le laborieux établissement de la rue Saint-Jacques : aux ateliers de fonderie un petit canon à l'octave que l'on soumettait aux essais réglementaires éclate soudain, blessant brièvement les ouvriers; le même jour, un apprenti inexpérimenté et maniant trop brutalement un contrepoint «qui n'était pas renversable» le fait exploser. Enfin, un thème conducteur ayant obtenu sans examen suffisant son «permis de conduire» s'est lancé à une allure désordonnée dans un Scherzo, défonçant les barres de mesure, faussant les clefs et dévastant tout sur son passage. Arrêté au point d'orgue, il a été envoyé au dépôt et sera poursuivi pour excès de vitesse.*

Un jour entier c'est long.

Du matin jusqu'au matin. Penser. D'un matin à l'autre matin. Penser. Pour dépasser la musique apparente. Entrer dans le bruit. Entrer dans la symphonie simple des objets et des choses. Entrer par la porte héroïque du banal. Attraper les sons de la ville et les mettre dans une boîte à cookies. *Tout le monde vous dira que je ne suis pas musicien. Ne croyez pas que mon œuvre soit de la musique. Ce n'est pas mon genre : je fais, le mieux que je peux, de la phonométrie. Point autre chose. Suis-je autre chose qu'un ouvrier acousticien sans grand savoir ?* Je déclare ouverte, comme suit, la vision Satie du monde : *il y a tout de même à réaliser une musique d'ameublement, c'est-à-dire une musique qui ferait partie des bruits ambiants, qui en tiendrait compte. Je la suppose mélodieuse, elle adoucirait le bruit des couteaux, des fourchettes, sans le dominer, sans s'imposer. Elle meublerait les silences pesant parfois entre les convives. Elle leur épargnerait les bana-*

lités courantes. Elle neutraliserait en même temps les bruits de la rue qui entrent dans le jeu sans discrétion. Une musique d'ameublement pour tenir compagnie, voilà exactement ce qui lui manque dans sa chambre sordide. Cette chambre sans meubles, sans espace, sans air, sans personne. La musique, fidèle compagne, qui vous comprend sans un mot…

Neutraliser les bruits devient alors une obsession. Satie ne distingue plus la différence entre le fracas clair obscur de ses pensées et les sons du dehors. Tout se mélange. Il ne sait plus s'il pense à voix haute ou s'il écoute à voix basse. Il pense qu'*une mélodie n'a pas son harmonie, pas plus qu'un paysage n'a sa couleur. Les frontières mystérieuses qui séparaient le domaine du bruit de celui de la musique tendent de plus en plus à s'effacer. À quand le premier concert pour deux robinets obligés et orchestre ?…* On dirait que les pavés se gondolent de rire en le regardant. Il applaudit : *il se passe en ce moment à mon sujet une chose assez originale : je suis accusé de m'être laissé passer pour un fou – alors que je suis aussi raisonnable que vous et moi…*

Signe extérieur de folie : Satie répète les mêmes motifs. Sans cesse il revient, revient, revient autour des mêmes choses, des mêmes sujets, de la même rancœur, sans rien dire de nouveau, à peine une infime différence, différence de l'infime, inutile détour autour des choses. Voilà comment il apparaît aux yeux des mondains. Aux yeux de ceux qui n'ont pas de sympathie envers la tristesse.

Pour Satie, la tristesse n'est pas dans les choses, mais dans le mouvement des choses. Il s'agit d'une différence non pas essentielle, mais existentielle.

Oh, cette chambre l'hiver...

Ce dimanche, Satie *erre, plane et rien ne l'atteint*. Il déraille dans l'alcool et les insomnies. Il tient des discours incohérents à un public venu nombreux, dans sa tête. Il parle à de pauvres gens interchangeables, qui représentent autant de courants alternatifs à ses colères. Ses pensées tiennent toutes sur le même fil continu des reproches. Il exécute des mises au point par centaines, auprès de centaines d'interlocuteurs, lesquels, dans la vraie vie, ne sont au courant de rien, fort heureusement. Il enchaîne des engueulades au prix de gros. Il s'échauffe. Et cet échauffement remplace l'absence de chauffage dans l'hiver infini. Les histoires qu'il invente prennent des proportions grandes comme des livres. Il pourrait écrire des dictionnaires entiers de récriminations... *je vous savais capable de négocier honteusement du salut des âmes et de trafiquer misérablement votre conscience esthétique, mais je n'eusse osé penser que vous comptiez comme indignes parmi les réprouvés...*

En Don Quichotte de son désarroi, Satie ne se rend plus compte qu'il se querelle avec des absents. Il est devenu paranoïaque. Il est à la tête d'un train sans frein, qui le raille et déraille, même les clochards crachent dans la vapeur et les crachats de vapeur font un boucan d'enfer, l'enfer est là, *right there*, dans cette chambre d'Arcueil. *Mister Satie, please, sit down and welcome, Entertainment. Et cela continue et continuera toujours, sans la moindre interruption, sans le plus léger espace, toujours!*

Satie est de plus en plus découragé. Assailli Satie. Il se croit contraint de se défendre, certain d'être dans son bon droit. Mais il ne fait plus la différence entre lui-même et lui-même. Qui parle dans son théâtre intérieur: le ridicule? le velvet gentleman? l'esoterik? le paranoïaque? Il se sent confusément soluble et dissolu. Il tourne en boucle sur des réponses agressives, il en bave de vexation, mais comment s'en sortir?

Autant rester chez soi… Oh, cette chambre l'hiver…

Tout, sauf rentrer chez soi
Tout, sauf rentrer là-bas,
dans ces quatre murs froids

21

Satie passe les soirs des vingt-sept dernières années de sa vie dans les bars. À la faveur d'interminables promenades dans Paris, de bistrot en brasserie, jusqu'au petit matin. Il s'amuse. Il observe : peut-être y a-t-il des gens qui pleurent au ciel. Là-haut des torrents de chagrins grimés en nuages ? Ici-bas, heureusement, Erik est rassuré de posséder des parapluies. Énormément. De toutes sortes. Identiques. Le plus possible. Une collection. On n'est jamais suffisamment abrité… *Alors alors*, dès qu'il a un sou en poche, c'est pour acheter un parapluie :

      un de Secours *(de couleur noire)*
      un *Just in case (de couleur noire)*
      un Malheureux *(de couleur noire)*
      un plus Solide *(de couleur noire)*
      un qui s'Envole *(de couleur noire)*
      un Jetable *(de couleur noire)*
      un très Digne *(de couleur noire)*
      un Imperméable *(de couleur noire)*

    un que l'on peut Casser *(de couleur noire)*
    un qui nous Attend *(de couleur noire)*
    un très Intimidant *(de couleur noire)*
    un Alambiqué *(de couleur noire)*
    un très Sportif, qui défend bien *(de couleur noire)*
    et le dernier, gentil, juste pour les Dimanches *(de couleur noire)*

Tous peuvent se porter été comme hiver. Ils sont pratiques, indémodables, discrets et très patients. Absolument noirs. Ils sont au nombre de quatorze, mais ils n'empêchent pas de se sentir seul. Ils permettent de se sentir abrité. Surtout quand il ne pleut pas.

Mais où donc j'ai laissé mon parapluie ? Heureusement que ce parapluie n'avait pas une grande valeur. J'ai dû oublier mon parapluie dans l'ascenseur. Mon parapluie doit être très inquiet de m'avoir perdu.

Certains jours sont très instables. La pluie ne lui fait pas peur, mais la nuit dernière, si. Il n'en finit pas d'éponger les restes de son enfance. Ils flottent quand il pleut, Satie écope, oh cette chambre l'hiver… *Home sweet home.* D'où vient cette lenteur ? Cette lente heure qu'on ne passe plus ensemble, qu'on ne dépassera pas ? *Vanished…* Il n'y a que la maigreur qui ne disparaît pas, il n'y a que la maigreur, il est quelle heure ? Nocturne. Erik Satie délire. Dans la pénombre, il aperçoit un lac et du vent, monter un escalier, ralentir, *Mon cher Claude, j'ai bien écouté votre interprétation de la mer et je tiens à vous signaler quelque chose concernant la première partie intitulée « De l'aube à midi sur les vagues » : ah mon vieux, il y a surtout un petit moment entre dix heures et demie et onze heures moins le quart que je trouve épatant.* Mais chaque fois qu'il y a de la joie, vous me serrez soudain le cœur d'une note inadmissible. Pourtant grâce à vous j'entre dans l'eau, pieds nus, jusqu'aux genoux et je passe la main à la surface des choses : c'est lisse et c'est bruyant.

Ah, enfin ! Je vois la nuit. Elle se balade parmi la forêt, elle est chez elle partout, elle a l'air de m'aimer bien, nous verrons si ça dure. C'est la nuit qui nous souhaite « *bonne nuit* ». Oh comme c'est profond... comme c'est vaste... d'où vient-elle cette musique malhabile et mal habillée ? Quel drôle de nocturne, non ? Oh cette chambre, l'hiver. Et l'été. Oh la mort qui vous saisit, lentement, sans vous tenir au courant. Elle vous emporte. *Assez lent. Assez lent. Très lié et mélancolique. Voyez. Léger mais fort. Ralentir. Reprendre. Grossir. Retenez, je vous prie. Plus lent. En dehors. Ralentir. Ralentir. Très lié. Reprendre. Particulièrement. Retenez, je vous prie. Plus lent. Ralentir.* Je suis le Précieux Dégoûté, le Fils des Étoiles qui entre dans un Soleil frigorifié. *Le soleil s'est levé de bon matin et de bonne humeur. La chaleur sera au-dessus de la normale car le temps est préhistorique et à l'orage. Le soleil est tout en haut du ciel. Il a l'air d'un bon type. Mais ne nous y fions pas ! Cette partie du monde n'est habitée que par un seul homme. Il s'ennuie à mourir de rire. L'ombre des arbres millénaires marque 9h17. Les crapauds s'appellent par leur nom propre. Danse Maigre : assez lent, si vous le voulez bien. De loin et avec ennui. Très léger. Lourd. Remuez en dedans. Sans rougir du doigt. En dehors, n'est-ce pas. Sur du velours jauni. Continuez. Plein de subtilité, si vous m'en croyez. Sans bruit, croyez-moi encore. Sec comme un coucou. Retenir. Ralentir (très). En un souffle. Être visible un moment. Dans le plus profond silence (in the deepest silence). Tomber jusqu'à l'affaiblissement. Courageusement facile et complaisamment solitaire. De même. Toujours. En se regardant de loin. Ignorer sa propre présence. En blanc et immobile. Toujours. Précieusement. Pâle et hiératique. Comme une douce demande. Avec une légère intimité. Questionnez. Du bout de la pensée. Postulez en vous-même. Ralentir, diminuer, ralentir, diminuer, ralentir...*

Finir pour soi. Toujours.

ADIEU ! BONSOIR !
ADIEU ! LES JOURS

22

Le jour, il s'évertue à être sonore, et la nuit, il crève sans humour. Tout y passe : les gros chagrins, les amertumes, les timidités, un embarras. Il ne fait confiance qu'à ses notes, ses phrasés hors langage. Pour lui, le sens unique se dérobe comme lui par une porte implicite. Sa musique, c'est l'histoire intime de ses disparitions.

Il disparaît derrière son monocle. Il a un regard franc et nu, empli de poussière et de tempérament. Empli de toute cette distance que les timides déroulent devant eux, pour échapper. Il y a chez Satie une porte dérobée toujours ouverte et pleine de courants d'air. Elle laisse les gens frustrés et frigorifiés. Quand il revient sur ses mélodies, c'est qu'il revient vers vous. Il revient disparaître sous vos yeux, dévalant les gammes comme un gamin des toboggans. Il sait se rendre invisible. Et ses notes, blanches et transparentes, orphelines, jamais vulgaires, nous racontent l'immensité qui se glisse, sous l'esquisse, voilà.

C'est seulement après sa mort que sa misère a été découverte. De son vivant, il faisait rire, ou bien il parlait d'autre chose. Personne ne pouvait soupçonner qu'il gardait dans sa cachette deux pianos soudés l'un à l'autre comme deux frères, mais incapables de marcher. Deux parties de lui-même, désaccordées. Comment faisait-il pour composer dans cette chambre finale qui puait la tristesse, l'abandon, la folie et le manque de sou ? Aucun de nous ne savait. Nous étions tous : passés à côté.

Passer à côté de Satie, c'était la signature de sa vie. Tout le siècle était passé à côté de lui, méprisant son personnage, voyant de la simplicité banale là où il y avait de la délicatesse, prenant pour de l'orgueil le souci de plaire. On était tous passés à côté de lui, y compris Conrad. Quelle horreur ce fut pour lui d'apprendre la mort de son frère par la Presse, là dans un wagon de train sordide et anonyme, en se penchant sur la page du journal d'un voisin éphémère... La mort misérable d'Erik Satie.

Un musicien vient de mourir qui fut un précurseur dont la destinée fut singulière et mélancolique. Ignoré du public et traité avec quelque indifférence par ses pairs. Peut-être y a-t-il mis le meilleur de lui-même, quelque chose de lui qu'il ne nous avait pas encore donné.

Conrad avait ignoré la longue maladie qui avait desséché son frère, lui avait creusé un trou dans le foie, un trou *normand,* un puits de Honfleur où l'alcool gargouillait, parce que c'est ainsi, les gens vous offrent volontiers un verre, *mais vous ne trouverez personne pour vous lester d'un sandwich...*

Si Debussy avait été encore en vie, il aurait appelé cette cirrhose atroce « *la plus que lente*», pour faire rire son ami de toujours. Mais Claude était mort depuis longtemps et Conrad n'était pas venu aux funérailles d'Erik. Est-ce que la valeur d'une vie se mesure au plan de table de la dernière fête? Si c'est vrai, alors il n'y a que des absents aujourd'hui. Les gens vous laissent crever pour ensuite s'étonner de votre mort... C'est seulement quand les êtres sont partis qu'on découvre à quel point on ne peut pas vivre sans eux. Tant qu'ils sont vivants, ils sont là dans un coin de la tête ou du souvenir : ils existent et puis soudain, il pleut.

Soudain, il y a la possibilité de ne plus se revoir.

Maintenant quand on passe à Arcueil devant la Maison aux Quatre Cheminées, on ne peut plus imaginer Erik Satie retranché au deuxième étage derrière ses volets clos, à piquer je ne sais quelle

colère contre je ne sais qui.
Il n'est simplement plus là.
C'est simple, comme une mélodie d'Erik Satie.

Oh, cette chambre l'hiver…
Là-haut, au second étage
Cette chambre devenue vide
Et tous les gens de la bande aujourd'hui, mardi premier juillet 1925 au cimetière d'Arcueil, on est tous un peu morts
Morts avec lui
Oui, on est tous un peu morts

Parfois, quand on a de la chance, la vie nous amène à croiser quelqu'un qui possède un petit morceau de nous caché et qui lui appartient. On ne s'en parle jamais, on le sait. Satie était de ceux-là. En étant lui-même, il vous volait quelque chose qu'il insufflait ensuite dans l'intimité d'une mesure. Juste pour vous. Là. Écoutez, cette *Gnossienne* instable faite seulement pour vous, qui vous fait silence et vous approfondit.

Oui, Erik Satie était plus loin que bien des êtres, et dans ses disparitions vous étiez méconnaissable. Aujourd'hui nous sommes tous un peu morts.

Moi, j'ai un mal de cœur à vous remonter le temps. Tout est sonore. J'entends sa voix. Sa petite voix anarchiste et péremptoire, irascible et sincère. Son timbre toujours profond mais pas si grave. Toute la vie est trop sérieuse, mais pas si grave.

Aujourd'hui, Satie est mort.

Il danse, il piaffe d'impatience, il ouvre ses parapluies, il nous salue bien bas, il traîne un peu sur le boulevard Montparnasse, rejoint la rue Cortot et marche tout petit, allegro, dans Paris, avec son air accablé morose, en criant à tous les pianistes : *« Ce soir, la seconde mesure se joue à sec ! »*, à sec et à blanc, vive l'absinthe, je n'ai pas très envie de sourire ce soir. Alors on se regarde tous les bras ballants, la barbe archi-cubiste, mais même les plus littéraires d'entre nous n'ont pas envie de dire un mot.

Ce soir on est tous à sec.

Cette fois, il aura réussi à nous faire rentrer de vacances... Fini de disparaître, Satie est mort et tous les chats sont noirs.

Avenue Trudaine, l'Auberge du Clou est silencieuse. Les jeunes de l'école d'Arcueil sont maintenant orphelins et obligés de grandir. Conrad n'arrive même plus à ouvrir les yeux sur la mort de son frère, à quoi ça sert d'ouvrir les yeux ? Cela fait dix ans qu'ils ne se voyaient plus. Jusqu'à aujourd'hui il était en colère, le voilà anéanti. Quelle perte de temps les fâcheries, hein, et maintenant même la mesure s'est barrée des partitions, en hommage… On ne bat plus le temps on l'abat. Silence cardiaque. Le convoi passe et le siècle entier le suit, avec ses incompréhensions et ses malentendus.

On le sait maintenant, Erik Satie était en avance. D'ailleurs il est là, devant, en tête de cortège, inerte et sans piano, à l'Avant-Garde encore, semant derrière lui les wagnériens, les Périmés, il nous demande de faire silence à sa manière, comme une biffure sur sa partition : « *attendez, arrêtez, temps court, une pause, svp, bien ouvrir le crâne* ». Cette fois on ne se moque plus, on comprend. On n'est pas déroutés, non, on distingue l'étendue de la route dont il parlait et qu'on n'attrapait pas. On ne le juge plus excentrique, on se sent excentrés.

À l'horizon : quelques notes émues qu'il aura laissées comme des cailloux pour les générations futures. On entend cette musique et comme elle : on ne bouge plus. C'est glacial ce soleil de juillet.

On est scandalisés par ce silence.
Oui, maintenant on le voit. Il apparaît. Il remue. Il se forme. Timide. Il ralentit. Il nous attend, dernier concert du plus déconcertant d'entre nous : la salle est comble puisqu'il n'y a pas de jauge, ni programme, ni sifflets, il y a nous sans lui.
Et nous sans lui c'est trop peu.

Trop petit.

Petit comme le Placard tout en haut de la butte Montmartre et tout en bas : Paris, qui lui aura tout donné et qui nous l'aura pris.

Alors, cette nuit, nous tous, on le raccompagne une dernière fois. Lui et son mystère, étrange comme un crime non résolu. Sa noirceur délicate et sa peur de vivre.

On ne retient pas plus les vivants que les morts. Satie aura cherché à le faire toute sa vie, en vain. Mais il y a une justice, puisqu'aujourd'hui on se souvient de lui. Il est même gravé compact dans des disques pour pianistes postérieurs : eux ne se sont pas trompés. Tout cela – les concerts, les marathons, les hommages – c'est foutaises. C'est rien, du vent, du vide, *un rien, un souffle, un rien.* Ce soir le ciel est bleu. Il faut se tenir à distance, s'éloigner, lui laisser son espace et lui foutre la paix. La vie me semble si lointaine maintenant. Et le passé si définitif. Satie ne reviendra pas. Il est mort d'une effroyable maigreur, la bouche désespérée en continuant de dire à tous, à tous, *d'aller plus loin que ce profond aujourd'hui.* Sa musique était résolument dérisoire, comme la vie.

Les fins de journée filent vite. Dix vraies secondes pour un coucher de soleil, pas plus. Il suffit d'attendre. Le ciel ne veut rien dire : il n'y a personne là-haut qui veille ou qui surveille. Il n'y a pas de solitude là-haut. Il y fait trop chaud. C'est plat comme une banalité. Et le vrai problème c'est qu'on n'a pas la foi. *Voilà la vie mon vieux, c'est à n'y rien comprendre.*

On n'envie jamais les gens tristes. On les remarque. On s'assied loin. Parfois on se rapproche pour mesurer les kilomètres d'immunité qui nous tiennent à l'abri les uns des autres, et puis on repart chez soi. Les gens tristes, c'est comme les timides : ils vous donnent tout et vous prennent tels que vous êtes. Ils sourient souvent, *possible oui, possible.* Ils sont familiers trop vite, mais quand il y a du monde ils se tiennent à carreau. Les gens tristes ils sont enthousiastes d'un rien parce qu'ils s'ennuient de tout. S'ils parlent trop longtemps leur densité s'aggrave, et ainsi vont leurs idées noires. Les gens tristes sont peuplés de cimetières, mais ils ont peur de la mort. Il y a dans le fond de leur âme quelqu'un de perdu qui ne reviendra pas. Et qui rapetisse. Heureusement, les gens naissent et se ressemblent.

Erik Satie était-il fou ?... C'est une grande question de sa vie, une grande tristesse logée au fond d'un malentendu insoluble entre lui et le siècle. À quoi sa voix répond, déçue, dans un murmure :

« *Tantôt ils font de moi un fou, tantôt ils me représentent comme un être doux d'une platitude qui n'a d'égale que la leur.*

Peut-être se trompent-ils.

Et cela me fit grosse peine. »

Stéphanie Kalfon et Joëlle Losfeld remercient chaleureusement Marie Pavlenko pour sa généreuse contribution à la parution de ce livre.

DU MÊME AUTEUR

LES PARAPLUIES D'ERIK SATIE, Éditions Joëlle Losfeld, 2017 (Folio n° 6539).

Composition Entrelignes
Impression Novoprint
à Barcelone, le 4 janvier 2019
Dépôt légal : janvier 2019
1er dépôt légal dans la collection : septembre 2018

ISBN 978-2-07-279421-6./Imprimé en Espagne.

353493